Rondell/"Dom"
natürliche Treppe

Marliese Arold

Time Travel – In der Falle des Zauberers

Marliese Arold, geboren 1958 in Erlenbach, studierte Bibliothekswesen in Stuttgart. Seit 1983 schreibt sie erfolgreich Kinder- und Jugendbücher, die bislang in zehn Sprachen übersetzt wurden.

Marliese Arold

TIME TRAVEL
In der Falle des Zauberers

Mit Illustrationen von Karoline Kehr

Klopp · Hamburg

Einband und farbige Illustrationen von Karoline Kehr
Satz: Utesch GmbH, Hamburg
Reproduktion: Die Litho, Hamburg
Druck und Bindung: GGP Media, Pößneck
ISBN 3-7817-0180-8

www.klopp.biz

Inhalt

Wohin mit den Superkids?

Erster Ferientag.

Die Stimmung von Onkel Magnus, dem Prof, war heute Morgen so rabenschwarz wie der Toast.

Der Grund hieß wieder mal Vivi. Wie oft hat sie dem Prof schon die Laune verdorben – weil sie sich nie entscheiden kann oder weil sie immer etwas anderes will als wir! Doch diesmal war es mehr als nur eine Meinungsverschiedenheit.

Vivi ist weg. Sie hat ihn verlassen.

Warum der Toast verkohlt ist, weiß ich auch nicht. Unser Haushalt ist nämlich vollautomatisiert. Ein Hobby von Magnus. Es erspart uns eine Haushälterin. Wir sind bestens ausgestattet mit Zeitschaltuhren, Fließbändern und Fernsteuerungen aller Art. Beispielsweise sorgt ein Bewegungsmelder über Magnus' Bett dafür, dass morgens rechtzeitig die Kaffeemaschine anspringt. Sein Rasierapparat ist gekoppelt mit der Küche. In dem Moment, in dem Magnus mit dem Rasieren fertig ist, greifen Metallzangen nach dem Weißbrot und stecken die Scheiben in den Toaster. Während Magnus oben im Bad sein Gesicht mit Aftershave betupft, röstet unten in der Küche der Toast und das Frühstücks-

ei blubbert im Wasser. Und wenn Magnus die Küche betritt, hüpfen die knusprigen Brotscheiben aus dem Toaster, der Kaffee ist fertig und unser Hund Major, ein schwarzer Labrador, bringt die Tageszeitung herein. Also ein perfektes Timing.

Heute war der Toast leider völlig verbrannt und Major kam pudelnass in die Küche. Ohne Zeitung. Draußen goss es in Strömen.

»Kleiner technischer Fehler«, sagte ich bedauernd und warf die ungenießbaren Brotscheiben in die Schüssel mit dem Biomüll.

Doch Onkel Magnus sagte gar nichts, nicht mal »Guten Morgen«. Mit Muffelgesicht setzte er sich an den Frühstückstisch, ließ sich von mir den Kaffee eingießen (den vollautomatischen Eingießer hat er letzten Monat weggeworfen, nachdem der ihm zweimal hintereinander die Oberschenkel verbrüht hatte) und griff nach der Zeitung – die nicht an ihrem gewohnten Platz lag.

Erst da blickte er mich zum ersten Mal richtig an. Den Augenringen nach zu urteilen, hatte er eine schlaflose Nacht hinter sich.

»He, Prof«, fragte ich besorgt. »Was ist los?«

»Ach, Benjamin«, antwortete er mit Leidensmiene, »Vivi hat Schluss gemacht.«

Mein Herz hüpfte höher. Ich kann nicht sagen, dass mich die Nachricht sonderlich betrübte. Vivien ist seine Freundin. Oder besser: Sie war seine Freundin. Wie sich herausstellte, hatte sie gestern Abend nach einem Riesenkrach mit dem Prof ihre Sachen gepackt und war ausgezogen. Endgültig.

Hoffentlich, dachte ich nur, denn Vivien konnte ihre Meinung stündlich ändern.

»Sie wollte heiraten«, erzählte Magnus stockend. »Kinder kriegen, auf Familie machen … Das ist nichts für mich.«

Das wusste ich längst.

»Ich hab Vivi gesagt, dass ich mit meinem Beruf verheiratet bin«, fuhr er fort.

»Und wie hat sie reagiert?«, fragte ich.

»Sie hat gemeint, ich solle mich nicht lächerlich machen. Und ob ich nicht gemerkt hätte, dass sie mich im Institut längst aufs Abstellgleis gestellt haben. Das müsse ja ein Blinder sehen, weil sie mir ständig die Gelder für meine Abteilung kürzen.« Magnus seufzte.

»Vivi hat eben keine Ahnung«, sagte ich.

»Ja.« Der Prof trank einen Schluck schwarzen Kaffee. »Zum Glück.«

Keiner außer uns beiden hat eine Ahnung. Außer Major vielleicht – aber der kann nicht sprechen (zumindest, bis Onkel Magnus auch dieses Problem löst). Die Leute im Albert-Einstein-Institut wissen nicht, dass Professor Magnus Ambrosius in Wirklichkeit mit seinen Forschungen viel weiter ist, als er allen erzählt.

Seine Zeitmaschine funktioniert – Major ist gestern heil zurückgekommen!

»Jetzt können wir bald Versuche mit Menschen machen«, hat der Prof angekündigt.

Ich bin sicher, es werden die spannendsten Ferien meines Lebens!

Melanie Jeschke sah sich suchend um, als sie auf den Bahnhofsvorplatz trat. Es regnete. Zum Glück war der Taxistand nur ein paar Schritte entfernt.

Es lohnte sich jedenfalls nicht, den Regenschirm aufzuspannen.

Sie steuerte auf den ersten Wagen zu, beladen mit einem Rucksack und zwei Reisetaschen. Das Gepäck für drei Wochen. Bestimmt hatte sie viel zu viel eingepackt. Oder aber sie hatte wichtige Sachen vergessen.

Der Taxifahrer sah von seiner Zeitung auf, als Melanie an die Scheibe klopfte. Er öffnete die Tür.

»Können Sie mich zum Albert-Einstein-Institut fahren?«, fragte Melanie.

»Sicher.« Der Taxifahrer stieg aus und half ihr, das Gepäck im Kofferraum zu verstauen.

Melanie setzte sich auf den Beifahrersitz. »Ist es weit bis zum Institut?«

»Ungefähr zwanzig Minuten.« Der Taxifahrer ließ den Motor an und schaltete den Gebührenzähler ein. »Eine ungewöhnliche Adresse. Normalerweise fahre ich Mädchen wie dich zum Shopping in die Innenstadt oder von der Disco nach Hause.«

»Aus Discos mache ich mir nichts.« Nach kurzem Zögern fügte Melanie hinzu: »Ich hab einen Aufenthalt im Institut gewonnen.«

»Gewonnen?«

»Ja, für meinen ersten Platz bei *Jugend forscht*.«

»Oh. Gratuliere.« Der Taxifahrer warf ihr einen anerkennenden Blick zu. »Meine Tochter hat auch schon überlegt, ob sie da mal mitmachen soll. Was für ein Thema hattest du?«

»Das Paarungsverhalten bei Wasserschildkröten.«

Fast hätte der Taxifahrer die rote Ampel übersehen. Er bremste im letzten Moment.

Melanie verzog keine Miene. Erwachsene reagierten nun mal so, das war sie gewohnt.

»Mein Vater ist Zoodirektor. Und meine Mutter Ethologin.«

»Etho-was?«

»Verhaltensforscherin. Das ist ein total spannender Beruf.« Melanie redete sich in Fahrt. »Man kann viel von Tieren lernen. Zwischen Ratten und Menschen besteht praktisch kaum ein Unterschied. Bei Stress wird jede Menge *Adrenalin* ausgeschüttet und bei zu hoher Bevölkerungsdichte tritt automatisch ein Geburtenrückgang ein. Außerdem steigt die Aggressivitätsrate an und wenn man das mit den Kriminalstatistiken der Großstädte vergleicht …«

»Du bist ziemlich klug, wie?«, unterbrach sie der Taxifahrer.

»Na ja.« Melanie zuckte bescheiden die Achseln.

»Klassenbeste?«

»Letztes Jahr war ich nur Zweite.«

»Wie alt bist du?«

»Dreizehn.«

»Du siehst älter aus.«

»Danke.« Sie wusste, dass sie meistens für älter gehalten wurde und auch oft die Blicke der Jungen auf sich zog. In Filme ab sechzehn kam sie mühelos rein. An diesem Tag trug Melanie einen kurzen Rock, Schuhe mit hohen Absätzen, ein eng anliegendes Top und eine helle Jacke. Ihre Fingernägel waren grün lackiert. Sie hatte schwarze Haare, braune Augen und schön geschwungene Lippen, die sie mit farblosem Lippenstift nachgezogen hatte, damit sie glänzten.

Das Taxi verließ die Stadt und fuhr die Landstraße entlang. Melanie blickte aus dem Fenster. Hohe, steile Hügel mit viel Grün. Dunst stieg aus den Wiesen auf.

»Nette Landschaft.«

»Ja, die Schwäbische Alb ist reizvoll. Herrlich zum Wandern geeignet. Und es gibt einige interessante Höhlen.«

»Eine Freundin von meiner Mutter erforscht Fledermäuse«, erzählte Melanie. »Die kriecht den ganzen Sommer in Höhlen herum.«

»Und wie bist du ausgerechnet auf die Schildkröten gekommen?«

»Wie?«

»Dein Thema bei *Jugend forscht*. Warum interessierst du dich so brennend, wie Wasserschildkröten … äh, na ja, du weißt schon …«

»Weil ich ihr Fortpflanzungsverhalten sehr spannend finde«, antwortete Melanie ohne jegliche Spur von Verlegenheit. »Der Vater kümmert sich beispielsweise hinterher überhaupt nicht mehr um die Jungen. Die Mutter auch nicht. Die legt die Eier einfach im Sand ab. Punktum. Die Sonne brütet die Eier aus und sobald die Jungen schlüpfen, müssen sie sehen, wie sie klarkommen.«

Der Taxifahrer lachte. »Zum Glück ist es bei den Menschen anders.«

»Wir gehören ja auch zu den Primaten«, wurde er von Melanie belehrt. »Je höher entwickelt, desto komplizierter die Beziehungskisten.«

Sie fuhren durch einige Dörfer. Die Straße stieg leicht an. Auf der linken Seite tauchte ein großer flacher Bau auf, umgeben von Wald.

»Das ist das Institut.« Der Taxifahrer setzte den Blinker und bog in die Auffahrt ein.

Melanie reckte neugierig den Hals. Hier also sollte sie drei Wochen verbringen und die neusten Errungenschaften der Wissenschaft kennen lernen.

Das Taxi hielt. Melanie bezahlte und ließ sich eine Quittung geben. Der Fahrer half ihr, das Gepäck bis zur Pforte zu tragen.

»Na, dann alles Gute und viel Spaß noch«, verabschiedete er sich.

»Danke. Ihnen auch!«, rief Melanie ihm nach. Danach wandte sie sich an die Frau an der Eingangspforte.

»Melanie Jeschke«, stellte sie sich vor. »Gewinnerin bei *Jugend forscht.*«

»Ich weiß Bescheid«, sagte die Frau hinter der Glasscheibe und drückte auf einen Knopf. »Der andere Preisträger ist schon da. Geradeaus und dann die erste Tür rechts. Herr Dreher, der hier für die Öffentlichkeitsarbeit zuständig ist, wird sich gleich um euch kümmern.«

»Danke«, sagte Melanie, drückte mit der Schulter die Eingangstür auf und schleppte ihr Gepäck den Gang entlang.

Die erste Tür rechts war offen. Melanie spähte in den Raum. Ein schlaksiger Junge mit kurz geschnittenen Haaren und blond gefärbter Stirnlocke hockte auf einem Stuhl und starrte gelangweilt auf den Fernseher, in dem ein Werbefilm über das Albert-Einstein-Institut lief. Das Gepäck des Jungen stand in der Ecke: ein abgewetzter Rucksack und eine Laptoptasche.

»Hallo«, sagte Melanie.

Der Junge wandte den Kopf. Melanie sah, dass er im rechten Ohr einen goldenen Ring trug. »Hi. Du musst Melanie sein. Ich hab dein Foto gesehen. Ich bin Thomas Pahl.«

»Dann bist du derjenige, der ein neues Betriebssystem für Computer erfunden hat«, sagte Melanie und betrat den Raum.

»Exakt. Schneller und benutzerfreundlicher als alle bisherigen Systeme.«

»Tolle Leistung.«

»Ja, find ich auch.« Thomas grinste. »Worüber ging deine Arbeit? Hilf mir auf die Sprünge.«

»Über Sex bei Wasserschildkröten.«

Thomas grinste noch stärker.

»Okay, lässt sich vielleicht nicht so gut vermarkten wie dein Thema.« Melanie zuckte die Schultern und warf einen Blick auf den Bildschirm.

»*Der Urknall*«, sagte ein Sprecher gerade. »*Schwarze Löcher. Die Wechselwirkung zwischen der Schwerkraft und anderen physikalischen Kräften. Unsere Forschung ist zukunftsweisend. Wir denken heute schon an das, was morgen möglich sein wird. Wissenschaftler aus aller Welt arbeiten mit uns zusammen.*«

Auf dem Bildschirm erschien in Übergröße das Label des Instituts.

»Das Video läuft jetzt zum dritten Mal, seit ich hier bin.« Thomas zog seinen Laptop auf die Knie und fing an, ein Computerspiel zu machen.

Melanie setzte sich, holte ihr Handy aus der Tasche und schickte eine SMS an ihre Mutter, dass sie gut angekommen sei. Wenig später piepste das Handy und Melanie las, was ihre Mutter geantwortet hatte.

Viel Spaß, Melanie. Ich hab hier ziemlichen Stress. Nelson steigt seit gestern dauernd dem ranghöchsten Weibchen nach. Gruß – Mama.

Melanies Mutter, Frau Dr. Helena Jeschke, hielt sich gerade in Afrika auf und beobachtete eine Gruppe Schimpansen. Nelson, ein junges, unerfahrenes Männchen, neigte dazu, sich immer wieder heftig zu verlieben und handelte sich dadurch eine Menge Schwierigkeiten ein. Melanie lächelte vor sich hin. Sie liebte es, wenn ihre

Mutter von Nelson erzählte. Affen mochte Melanie besonders. Auch im Zoo ihres Vaters hatte sie ihre speziellen Lieblinge.

Nach einer Viertelstunde erschien endlich ein Mann, der sich als Herr Dreher vorstellte. Er war groß, dürr und außerdem so blass, als würde er nie ins Freie gehen. Melanie fand ihn vom ersten Moment an unsympathisch.

»Herzlich willkommen«, begrüßte er die beiden Gewinner mit näselnder Stimme und gab ihnen die Hand. »Hoffentlich fühlt ihr euch bei uns wohl. Wie ich gehört habe, seid ihr ja schon richtige Genies. Kleine Einsteins, was? Haha, war nur Spaß! Aber ich bin echt beeindruckt, wenn Kids so begabt sind. Sicher wollt ihr wissen, was passiert, wenn zwei Schwarze Löcher aufeinander stoßen. Unser Supercomputer kann dieses Ereignis ganz wirklichkeitsgetreu durchspielen. Kommt mit, das dürft ihr euch nicht entgehen lassen.«

Melanie und Thomas wechselten einen Blick.

»Schwarze Löcher.« Thomas klappte ohne großes Interesse seinen Laptop zu.

»Mein Magen ist auch ein schwarzes Loch«, sagte Melanie. Sie wünschte sich jetzt vor allem einen Happen zu essen und ein Badezimmer, wo sie sich frisch machen konnte. Die Katastrophen des Universums konnten warten.

Aber Herr Dreher überhörte geflissentlich ihre Bemerkung und ging voraus in den Vorführraum. Melanie und Thomas folgten ihm zögernd. Die Zuschauerbänke stiegen an wie in einem Hörsaal.

»Ihr erlebt gleich ein einzigartiges Schauspiel, hervorragend dargestellt von unserem Supercomputer.« Umständlich startete Herr Dreher das Programm und überließ die beiden dann ihrem Schicksal. »Bin gleich wieder zurück.«

Thomas hätte gerne mehr über den Supercomputer gewusst, aber er hatte gar keine Gelegenheit, Fragen zu stellen. Auch Melanie war unzufrieden. Lustlos starrte sie auf die Leinwand, während aus den Lautsprechern klassische Musik erklang.

»Sie wissen nicht, was sie mit uns anfangen sollen«, sagte Thomas. Er sprach aus, was Melanie gerade dachte.

»Drei Wochen.« Sie verdrehte die Augen. »Wie sollen wir das bloß aushalten?«

»Wo zum Teufel steckt Frau Dr. Jensen?« Herr Dreher trommelte ungeduldig auf die Schreibtischplatte. »Sie sollte sich doch um die Kinder kümmern.«

»Tut mir Leid«, erwiderte die Sekretärin, ohne sich aus der Ruhe bringen zu lassen. »Frau Dr. Jensen hat sich heute Morgen krank gemeldet. Nervöse Blasenreizung. Sieht nach einer längeren Sache aus. Sie braucht absolute Schonung.«

»Haben Sie noch mehr so aufbauende Neuigkeiten?«

Die Sekretärin lächelte nur. Sie war Drehers hektische Art gewohnt.

»Und was machen wir jetzt?« Hastig blickte er über seine Schulter, als würden Melanie und Thomas bereits hinter ihm stehen. »Ich kann mich unmöglich die ganze Zeit mit den zwei Nervensägen beschäftigen. Viel zu viel zu tun. Bis übermorgen muss ein Presseartikel fertig sein. Ganz wichtig. – Kann ich mal telefonieren?«

»Bitte sehr.«

Herr Dreher ließ sich mit der Institutsleitung verbinden.

»Ja? Hm. Wegschicken geht nicht, klar. – Wer? Gute Idee. Ich werde sie Professor Ambrosius übergeben. Er soll sich um sie kümmern. Offizielle Anordnung von ganz oben. Sehr schön, vielen Dank.« Er legte den Hörer auf die Gabel.

Die Sekretärin sah ihn fragend an.

»Problem erledigt«, verkündete Herr Dreher und lächelte. »Der große Ambrosius soll sie übernehmen.«

»So so, der große Ambrosius«, wiederholte die Sekretärin. Was Magnus Ambrosius anging, so waren Dreher und sie ausnahmsweise einer Meinung. »Dann hat er ja endlich mal was zu tun.«

»Ich soll mich um die beiden Schüler kümmern?« Professor Ambrosius sprang heftig von seinem Schreibtischstuhl auf. Ein Papierstapel wurde zu Boden geweht. »Was habe ich denn damit zu tun? Ich stecke hier mitten in einem wichtigen Projekt. Die Berechnungen sind äußerst kompliziert und seit ich keine Mitarbeiter mehr habe, muss ich alles selber machen.«

»Anweisung von oben«, sagte Herr Dreher ungerührt.

»Wenn ich ständig gestört werde, werde ich nie fertig«, protestierte der Professor.

»Dann beschweren Sie sich doch.« Herr Dreher ging zur Tür. »Die Kinder sind momentan im Computerraum. – Ach so, würden Sie bitte für die beiden noch eine Unterkunft in einer Pension oder so besorgen? Das wollte ursprünglich Frau Dr. Jensen erledigen, aber sie ist leider erkrankt. Vielen Dank.« Er war schon wieder draußen, bevor Professor Ambrosius antworten konnte.

Magnus verspürte große Lust, Dreher hinterherzulaufen und den arroganten Widerling zu verprügeln. Was der sich in der letzten Zeit alles rausnahm! Nur weil er einen guten Draht zur Institutsleitung hatte!

Drohend ballte Magnus die Fäuste, dann ließ er sie sinken. Verprügeln ging leider nicht, selbst wenn ihm noch so sehr danach war. Er atmete ein paar Mal tief durch, um sich zu beruhigen.

Im Moment schien bei ihm wirklich alles schief zu laufen. Erst der Ärger mit Vivi und ihr dramatischer Abgang gestern Abend und heute das! Magnus hatte nicht die geringste Lust, bei irgendwelchen Kids Babysitter zu spielen. Es reichte schon, wenn er sich privat um Benjamin kümmern musste, den Sohn seiner verstorbenen Schwester.

Im nächsten Moment tat ihm dieser Gedanke schon Leid.

Was konnte Benjamin dafür! Fünf Jahre war es jetzt her, seit Jasmin bei dieser schlimmen Explosion ums Leben gekommen war. Es gab Magnus noch immer einen Stich. Ein schreckliches Unglück.

Jasmin war leitende Chemikerin in einem Industriebetrieb gewesen und hatte ein Experiment durchgeführt, das schief gegangen war. Sie war auf der Stelle tot gewesen. Man hatte nie den Grund für das Unglück herausgefunden. So blieben nur Vermutungen: versehentliche Verwechslung der Chemikalien, Sabotage einer eifersüchtigen Kollegin oder gar Selbstmord …

Die lästigen Untersuchungen hatten zu keinem Ergebnis geführt. Und selbst wenn – Jasmin wäre dadurch auch nicht wieder lebendig geworden.

Sie war sehr hübsch gewesen, so lebenslustig, schlagfertig und immer gut gelaunt. Eine Frau, die alle in ihren Bann zog.

Magnus merkte, wie bei der Erinnerung seine Augen feucht wurden. Ihr Tod war für die Angehörigen ein furchtbarer Schock gewesen, besonders natürlich für Benjamin. Jasmin war allein erziehend, sie hatte nie den Namen von Benjamins Vater verraten.

Für Magnus war es keine Frage, dass er sich nach Jasmins Tod um seinen Neffen kümmerte. Seither lebte Benjamin bei seinem Onkel. Er fühlte sich bei ihm sehr wohl, aber auch nach fünf Jahren wurde er manchmal von Albträumen heimgesucht. Eine Psychologin hatte dem Jungen geraten, immer über seinen Kummer zu sprechen – denn Benjamin neigte zu Wortkargheit und fraß oft alles in sich hinein. Inzwischen kamen die Albträume zwar seltener als am Anfang, aber trotzdem machte sich Magnus Ambrosius immer wieder Sorgen um Benjamin. Der mittlerweile dreizehnjährige Junge kapselte sich oft regelrecht ab. Über seinen technischen Basteleien und Tüfteleien konnte er Zeit und Mitmenschen völlig vergessen.

Leider ist er mir wohl sehr ähnlich, dachte Professor Ambrosius. Vielleicht ganz gut, wenn er jetzt in den Ferien ein bisschen was mit diesen Preisträgern unternimmt. Sie könnten zusammen ins Schwimmbad oder ins Kino gehen. Er lächelte. Man hatte ihm zwar wieder eine neue Aufgabe aufgehalst, aber genau genommen war auch etwas Positives daran.

»Irgendwo muss doch das Telefonbuch sein ...« Er tastete eine Weile zwischen den Papierstapeln herum. »Na bitte, da ist es ja schon.«

In seinem Büro herrschte für Außenstehende zwar ein heilloses Chaos, aber der Professor fand nach kurzer Zeit genau das, was er suchte. Meistens jedenfalls.

Er schlug das Telefonbuch auf, ging die Namensliste durch und wählte dann eine Nummer.

»Wie? Bereits alle Zimmer belegt?« Er strich sich das Haar aus der Stirn. Es war wie immer viel zu lang, weil er so ungern zum Friseur ging. »Ach so, eine Medizinerkonferenz in Reutlingen. Alles klar, danke.«

Auch in der nächsten Pension waren schon sämtliche Zimmer vergeben.

Leicht genervt legte der Professor den Hörer auf. Er hasste Telefonate, bei denen nichts herauskam. Anrufbeantworter und Mailboxen waren ihm ein Graus – genau wie ewig besetzte Leitungen.

»Dann nehme ich die beiden eben erst mal mit nach Hause«, brummte er vor sich hin, während er sich auf den Weg zum Vorführraum machte. »Wenigstens für heute Nacht. Morgen sehen wir weiter.«

Gerade hat der Prof angerufen. Er bringt nachher Besuch mit – ein Mädchen und einen Jungen, die bei Jugend forscht *einen Preis gewonnen haben. Meine Begeisterung hält sich in Grenzen. Wenn es arrogante Streber sind, rede ich keinen Ton mit ihnen. Ich mit meiner Vier in Mathe und meiner Fünf in Englisch bin sicher nicht gut genug für sie! Pah!*

Ich hab mich so drauf gefreut, dass wir jetzt mit den Zeitexperimenten anfangen können. Und nun das. Bockmist.

Ich schieb erst mal eine Tiefkühlpizza in den Backofen.

Und dann guck ich nach den Gästebetten. Beziehen können sie sich die Betten allerdings selber. Ich bin schließlich kein Zimmermädchen!

Ob einer von denen vielleicht Schach spielen kann? Wär mal was anderes als immer nur gegen den Computer anzutreten!

Ankunft mit Hindernissen

»Ich bin noch nie in einem Cabrio gefahren«, sagte Melanie, als sie neben dem Professor auf dem Beifahrersitz saß.

»Tja, das ist mein alter Liebling«, erwiderte Professor Ambrosius. »Ich hege und pflege meinen Wagen. Es ist noch alles originalgetreu. Jedenfalls fast. Hin und wieder vergesse ich bei Regen, das Verdeck runterzulassen. Deswegen habe ich diesen Sensor eingebaut.« Er deutete auf ein kleines Kästchen. »Bei entsprechender Luftfeuchtigkeit geht das Verdeck von allein zu.«

»Genial«, sagte Melanie begeistert, als sie aus der Tiefgarage fuhren. Draußen nieselte es noch immer und das Faltdach schloss sich automatisch.

Thomas hatte leuchtende Augen. Er fand den Professor ausgesprochen sympathisch! Sie hatten gerade ein anregendes Gespräch über künstliche Intelligenzen geführt, also über Computer, die selbstständig denken und handeln konnten. Die meisten Fachleute hielten es für ausgeschlossen, dass es je intelligente Computer geben würde, aber sowohl der Professor als auch Thomas konnten sich künstliche Intelligenzen sehr gut vorstellen.

Auch Melanie fand den Professor nett. Er hatte ihnen unverblümt erzählt, dass er ziemlich kurzfristig damit beauftragt worden war, ihnen das Institut zeigen und sie zu betreuen. Melanie gefiel es, dass er so frei darüber redete und ihnen nichts vormachte. Sie konnte es nicht leiden, wenn Erwachsene heuchelten und Kids nicht ganz für voll nahmen.

»Irgendwelche Hundeallergien?«, fragte Professor Ambrosius, als sie die Landstraße entlangfuhren.

»Nein.« Melanie schüttelte den Kopf.

»Ich hab auch keine«, erwiderte Thomas.

»Sehr gut«, meinte der Professor. »Benjamin und ich haben nämlich einen Hund. Er heißt Major. Es ist ein schwarzer Labrador.«

»Ich liebe Tiere«, verkündete Melanie.

»Spinnen und Kellerasseln eingeschlossen?«, fragte Thomas.

»Auch die haben ihren Sinn im Tierreich«, gab Melanie zurück.

Professor Ambrosius schmunzelte. Das Mädchen war nicht auf den Mund gefallen. Hoffentlich würde sich Benjamin mit den beiden Gästen vertragen. Vorhin am Telefon hatte der Junge nicht gerade begeistert geklungen.

Sie erreichten Werthausen. Nach ein paar Seitenstraßen hielt der Professor vor einem älteren Haus, das etwas abseits stand.

»Wir sind da.«

Er ließ Melanie und Thomas aussteigen, fuhr das Auto in die Garage und holte das Gepäck aus dem Kofferraum.

»Wir gehen am besten durch den Garten über die Terrasse. Benjamin sagt immer Dienstboteneingang dazu. Hat sich irgendwann eingebürgert, dass wir immer hinten reingehen. Wahrscheinlich wegen Major.«

Melanie griff nach ihren schweren Taschen und folgte dem Professor über den Plattenweg.

Auf der Rückseite des Hauses drang Qualm aus einem gekippten Fenster.

»Da brennt's!«, rief Melanie erschrocken.

Der Professor wurde fahl im Gesicht, drückte die Terrassentür auf und stürzte ins Haus. Der Rauch kam aus der Küche. Der Backofen qualmte wie verrückt. Professor Ambrosius schaltete den Herd aus, griff nach den Grillhandschuhen und zog das Backblech heraus. Die Pizza war nur noch ein schwarzer Klumpen.

Hustend stellte er das Blech über der Spüle ab und öffnete das Fenster sperrangelweit, damit der Rauch abziehen konnte.

»Alles okay«, schrie er Thomas und Melanie zu, die noch immer vor dem Haus warteten. »Nur ein bisschen verbrannte Pizza, das ist alles.«

»Verbrannt?«, fragte Benjamin, der eben die Treppe herunterkam.

»Allerdings.« Der Professor wedelte mit der Fernsehzeitschrift, um den Rauch aus der Küche zu vertreiben.

»Die Zeitschaltuhr«, sagte Benjamin. »Heute Morgen der Toaster und jetzt der Backofen. Irgendwas funktioniert nicht mehr richtig.«

»Ein Virus in der Computersteuerung?« Magnus Ambrosius hustete wieder. »Oder einfach nur ein Misttag, an dem eben alles Mögliche schief geht?«

»Vivi war jedenfalls nicht an den Computer angeschlossen.« Benjamin grinste schief.

»Ja, fang nur wieder damit an«, meinte der Professor ungehalten. »Ich hatte gerade begonnen, sie zu vergessen.«

»Vivi ist seine Exfreundin«, sagte Benjamin zu Melanie und Thomas, die sich inzwischen vorsichtig ins Haus gewagt hatten. »Mein Onkel ist zwar ein Genie in Physik, aber mit Frauen hat er einfach kein Glück, obwohl er es immer wieder versucht.«

»Vielen Dank, dass du unsere Gäste gleich über mein Liebesleben aufklärst«, sagte der Professor ärgerlich und knallte die Zeitschrift auf den Tisch. »Sicherlich interessiert sie das brennend.«

Aber Melanie lächelte nur gelassen.

»Das ist Benjamin.« Der Professor fuhr sich durch die Haare. »Er ist sozusagen mein Pflegesohn. Seit dem Tod meiner Schwester lebt er bei mir.«

Melanie schaute Benjamin voller Mitgefühl an. Es musste bitter sein, wenn man so früh seine Mutter verlor. »Ich bin Melanie Jeschke.«

»Thomas Pahl«, stellte sich Thomas vor.

»Hi.« Benjamin streckte die Hand aus, fand die Geste aber dann zu förmlich und steckte die Hand lieber in die Hosentasche.

»Tut mir Leid mit der Pizza. Falls nichts Vernünftiges mehr im Tiefkühlschrank ist, können wir ja irgendwo einen Burger verdrücken.«

»Ich bin Vegetarierin«, sagte Melanie sofort.

»Ich könnte auch chinesische Frühlingsrollen warm machen«, überlegte Benjamin laut. »In der untersten Schublade waren noch welche, da bin ich mir ziemlich sicher.«

»Chinesische Frühlingsrollen sind okay«, meinte Melanie.

Thomas nickte.

»Aber verlass dich nicht auf die Automatik, sondern schalte den Herd lieber per Hand ab«, riet Magnus Ambrosius seinem Neffen.

»Gebongt, Chef!«

Thomas interessierte sich sehr für den vollautomatischen Haushalt und wollte wissen, wie alles funktionierte. Er machte auch gleich ein paar nützliche Verbesserungsvorschläge, bis Professor Ambrosius auf die Uhr schaute.

»Entschuldigt mich, aber ich muss jetzt mit Major spazieren gehen.« Er trat auf die Terrasse und pfiff einmal laut in Richtung Garten. Ein großer, schwarzer Hund sauste herbei. Er sprang auf die Terrasse und begrüßte Melanie und Thomas, indem er sie vorsichtig beschnupperte und dann mit dem Schwanz wedelte.

Melanie ging in die Hocke und kraulte Major zwischen den Ohren.

»Du bist ein ganz Süßer«, murmelte sie.

»Er mag dich auch«, stellte Benjamin fest. »Liebe auf den ersten Blick.«

Magnus Ambrosius befestigte die Leine an Majors Halsband. »Komm, Major, wir drehen eine Runde. – Ach so, Benjamin, könntest du mir bitte einen Regenschirm bringen?«

Benjamin holte ihm den großen schwarzen Schirm aus der Diele.

»Danke. Bis später.« Der Professor verschwand mit Major.

»Kann ich dir helfen?«, fragte Melanie Benjamin.

»Du kannst gern in den Keller mitkommen«, antwortete Benjamin. »Vielleicht findest du noch was im Gefrierschrank, was du besonders magst.«

Der Keller sah ziemlich ungewöhnlich aus. An der Decke liefen unzählige Leitungen entlang. Melanie entdeckte etliche Zahnräder, von denen sich manche langsam, andere sehr schnell drehten.

»Wie im Innern eines alten Uhrenkastens«, meinte Melanie.

Benjamin grinste. »Wir haben ziemlich viel herumgetüftelt, damit unser Haushalt funktioniert. Eine Baustelle ohne Ende.«

»Hauptsache, es macht dir und deinem Onkel Spaß.«

»Und wie! Wir erfinden immer etwas dazu. Unsere Schuhputzmaschine ist jetzt ein alter Ventilator mit Bürsten. Im Langsamgang funktioniert das Ding ausgezeichnet. Früher hatten wir so eine Maschine, die man in Hotels benutzen kann, aber die hat uns immer die Schuhe kaputtgemacht.« Benjamin öffnete die Tür zum Vorratskeller.

Ein ganz normaler Raum: Vorratsregale und ein großer Gefrierschrank.

Benjamin zog die unterste Schublade auf.

»Na bitte, hab ich's nicht gesagt? Noch jede Menge Frühlingsrollen. Wie wär's hinterher mit Walnusseis?«

»Absolut lecker«, sagte Melanie.

Benjamin drückte ihr den Eisbecher in die Hand. Er selbst nahm zwei Schachteln mit Frühlingsrollen. Dann liefen die beiden wieder nach oben.

Mittlerweile hatte sich der Rauch verzogen. Benjamin warf die unansehnliche Pizza in den Müll, schob die Frühlingsrollen in den Backofen und stellte den Kurzzeitwecker ein. Dann deckte er den Tisch. Thomas und Melanie halfen ihm dabei.

»Kann einer von euch Schach spielen?«, fragte Benjamin unvermittelt.

»Na klar«, antworteten Melanie und Thomas gleichzeitig.

Benjamin erzählte, dass er meistens gegen den Computer spielte. »Ich hab aber rausgefunden, dass das Programm schummelt. Selbst wenn ich noch so gut bin – ich kann gar nicht gewinnen. Deswegen kann ich vielleicht mal mit euch …«

In diesem Moment klingelte es. Gleich doppelt: Benjamins Handy und der Kurzzeitwecker.

»Könnt ihr mal den Herd abschalten?« Benjamin griff nach dem Handy. »Hallo?« Er wurde bleich. »Nein! Das ist nicht wahr. Wie? Sofort. Natürlich. Ich komme.«

Melanie sah, dass er am ganzen Leib zitterte. »Wer war dran?«

»Der Prof.«

»Ist was passiert?«, fragte Thomas. »Hat dein Onkel einen Unfall?«

»Ja. Nein. Ich weiß nicht …« Benjamin stand ganz offensichtlich unter Schock. Melanie fasste ihn an den Schultern.

»Hör mal. Ganz ruhig. Braucht er einen Krankenwagen? Sollen wir einen Notarzt rufen? Ist Major überfahren worden?«

Immer nur Kopfschütteln.

»Jetzt aber endlich raus damit«, sagte Thomas streng. »Was ist los?«

Benjamin blickte gehetzt von einem zum anderen. »Das … kann ich euch … nicht sagen …«

»So ein Quatsch«, stieß Melanie aus. »Wir wollen dir nur helfen, Ehrenwort.«

Benjamin kämpfte mit sich. »Ihr müsst aber schwören, dass ihr kein Wort davon verratet. Keiner Menschenseele!«

Melanie und Thomas nickten.

»Der Prof … hat etwas aus der Vergangenheit geholt«, stotterte Benjamin. »Es gehört nicht in unsere Zeit … Wir müssen es wieder zurückbringen. Kommt mit!«

Das Ding aus der Vergangenheit

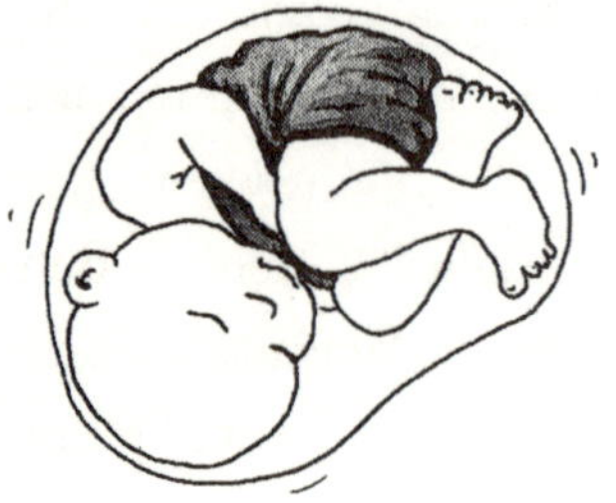

»Wohin rennen wir eigentlich?«, keuchte Melanie. Nur gut, dass sie ihre hochhackigen Schuhe noch schnell mit den Turnschuhen vertauscht hatte. Bei diesem Lauf über Wiesen und Felder hätte sie sonst kaum mithalten können.

»Zur Höhle«, antwortete Benjamin. »Dort steht die Zeitmaschine.«

»Zeitmaschine?« Melanie starrte ihn ungläubig an.

»Ich habe den Film *Zurück in die Zukunft* gesehen«, sagte Thomas. »Sogar alle drei Folgen. Aber du willst uns doch nicht allen Ernstes erzählen, dass ihr so ein Ding wirklich habt.«

»Doch.« Benjamin nickte. »Und sie fängt gerade an zu funktionieren.« Melanie und Thomas wechselten einen Blick.

»Mein Onkel experimentiert seit Jahren und es klappt. Wir haben Major schon verschwinden lassen und wieder zurückgeholt. Und jetzt ist plötzlich ein merkwürdiges Etwas in der Höhle aufgetaucht. Es stammt eindeutig nicht aus unserer Zeit. – Da runter.« Benjamin deutete auf eine Absperrung. Ein rostiges Schild verkündete PRIVATGELÄNDE.

Die drei krochen unter dem Absperrseil durch und liefen den Abhang hinunter.

»Hier war mal ein Steinbruch«, sagte Benjamin.

Inzwischen hatten sich bereits wieder Pflanzen an diesem öden und verlassenen Ort ausgebreitet. Büsche und Sträucher und sogar ein paar Bäume.

»Der Eingang zur Höhle befindet sich hinter der Fichte.« Benjamin deutete auf einen schief gewachsenen Baum, der direkt an der Felswand stand. »Der Prof hat die Höhle vor Jahren zufällig entdeckt. Außer ihm und mir weiß niemand davon.«

»Hier würde man ja auch nie eine Höhle vermuten.« Thomas folgte den beiden anderen zur Felswand.

Benjamin bückte sich und glitt in eine Öffnung im Felsen. Sie war ungefähr einen Meter hoch. »Achtung, hier ist eine Stufe von ungefähr einem halben Meter. Kopf einziehen, die Decke ist nicht sehr hoch.« Melanie und Thomas kletterten hinter ihm her.

Es war finster und roch modrig. Benjamin knipste seine Taschenlampe an. Der Lichtkegel zeigte einen schmalen Gang, der tiefer in den Felsen führte.

»Wow.« Melanie war beeindruckt.

»Nette Gruft.« Thomas betastete die schroffen Wände. Sie fühlten sich feucht und kalt an.

»Die Höhle ist riesig«, sagte Benjamin. »Aber der Weg wird bald besser. Und Beleuchtung gibt's weiter drinnen auch.«

Vorsichtig ging Melanie hinter ihm her. Der Gang war zunächst sehr eng und schmal, aber nach einigen Metern wurde er breiter und man konnte auch aufrecht gehen, ohne ständig Angst haben zu müssen, sich den Kopf zu stoßen.

Plötzlich flammte direkt vor ihnen eine Reihe roter Lämpchen auf.

»Bitte identifizieren Sie sich«, verlangte eine Stimme.

Melanie erschrak. Sie wich zurück und prallte gegen Thomas, der schützend beide Arme um sie schloss. Wer hatte da gesprochen? Die Stimme hatte geklungen wie die eines Roboters in einem Science-Fiction-Film.

»Ich bin's, Benjamin«, antwortete Benjamin. Er schien überhaupt nicht überrascht zu sein.

»Identifikation positiv. Aber wer sind die beiden anderen?«

»Schon okay, Archie«, sagte Benjamin. »Du kannst uns durchlassen.«

»Okay ist keine gültige Antwort.«

Die Lämpchen flammten wieder auf und erleuchteten für eine Sekunde eine fantastische Höhlenwelt aus Tropfsteinen. Melanie schnappte unwillkürlich nach Luft.

»Ich verlange Name und Angaben über den Zweck des Besuchs«, fuhr die Stimme fort. »Ansonsten verjage ich die Fremden mit hunderttausend Volt. Ich bin das Sicherheitssystem.«

»Mach keinen Ärger, Archie«, sagte Benjamin. »Melanie Jeschke und Thomas Pahl. Es ist in Ordnung, wenn sie mitkommen.«

»Meinetwegen. Ihr könnt passieren.«

Das Licht ging an.

»Was war das?«, fragte Melanie. Die bizarr geformten Tropfsteine, die von der Decke herabhingen, sahen aus wie Eiszapfen. Oder wie die funkelnden Zähne eines großen Tiers.

»Archie«, antwortete Benjamin. »Ein Computer oder besser eine KI.«

»Eine künstliche Intelligenz?«, fragte Thomas ungläubig. »Erst vorhin hab ich mit deinem Onkel darüber geredet. Aber er hat kein Wort davon gesagt, dass eine KI bereits existiert.«

»Er hat nicht damit gerechnet, dass ihr Archie so schnell kennen lernen werdet«, meinte Benjamin.

Thomas konnte es noch immer nicht fassen. »Ich weiß, dass man schon einige Jahre mit *Fuzzy logic* experimentiert, wodurch Computer nicht nur ›Ja‹ und ›Nein‹ verstehen, sondern auch etwas mit ›Vielleicht‹ anfangen können. Aber noch nie ist es jemandem gelungen, einen wirklich intelligenten Computer zu bauen.«

Benjamin widersprach. »Doch. Dem Prof.«

»Das glaube ich erst, wenn ich es sehe.«

»Kannst du gerne. Archie steuert die Zeitmaschine und sorgt dafür, dass keine Fremden in die Höhle eindringen. – Kommt jetzt.« Benjamin ging weiter.

Die beiden folgten ihm durch den langen Gang. Stalagmiten wuchsen vom Boden in die Höhe, Stalaktiten hingen von der Decke herab. Manchmal vereinigten sie sich zu Säulen oder zu langen dünnen Stäben. Melanie berührte vorsichtig einen der herabhängenden Zapfen aus Sinterkalk.

»Diese Höhle muss uralt sein.« Sie war völlig überwältigt. »Tropfsteine brauchen ein Jahrhundert, bis sie einen halben Zentimeter gewachsen sind. Oft sogar noch länger …«

Der Gang erweiterte sich zu einem Rondell, in dessen Mitte eine riesige Tropfsteinsäule emporragte. Sie wurde nach oben hin schmaler und ähnelte in ihrer Feingliedrigkeit der Spitze einer Kathedrale.

»Wir haben das Ding den *Dom* genannt«, erzählte Benjamin.

»Ab hier verzweigt sich die Höhle. Bleibt rechts. Der linke Gang sieht zwar bequemer aus, aber nach ein paar Metern geht's hinunter in ein Labyrinth aus Gängen und Hohlräumen. Furchtbar gefährlich. Man kann sich verirren und kommt tagelang nicht mehr raus.«

Sie umrundeten den Dom und blieben auf der rechten Seite. Kurz darauf erreichten sie eine natürliche Treppe. Lang gezogene Stufen, einige davon leicht abschüssig, führten in die Tiefe. An der Wand war ein Halteseil angebracht, das die drei auch benutzten. In einer Nische entdeckte Melanie versinterte Knochen. Als Expertin erkannte sie auf den ersten Blick, dass es sich um die Überreste eines Höhlenbären handelte.

»Muss ja ein riesiges Biest gewesen sein«, meinte Thomas, der die Knochen ebenfalls gesehen hatte.

»Größer als ein Grizzly«, sagte Melanie.

Die Stufen wurden steiler und die Treppe machte einen Bogen. Eine hohe Halle lag vor ihnen. Sie wurde geteilt von einem grünlich schimmernden Höhlenfluss. In der Mitte bildeten zwei Flussarme eine Insel, auf die eine schmale, grob gezimmerte Brücke führte.

Auf der Insel schien die Luft zu vibrieren. Manchmal tauchte ein funkelndes Oval auf, dann verschwamm alles wieder in einem regenbogenfarbenen Nebel.

Benjamin deutete auf die technische Anlage in Hufeisenform, die in einigem Abstand vom Wasser am Flussufer stand.

»Das ist Archie. Die Zentraleinheit. Gleichzeitig steuert Archie auch die Zeitmaschine, aber beide Teile können auch unabhängig und völlig selbstständig voneinander arbeiten.«

»Ein neuronales Netz.« Thomas war beeindruckt. »Genial!«

Melanie hatte nur Augen für den geheimnisvollen Nebel. So etwas hatte sie noch nie zuvor gesehen. Manchmal schien das Gebilde etwas deutlicher zu werden und sich fast zu materialisieren, doch bevor Melanie die Umrisse genauer erkennen konnte, verschwand es wieder.

»Ist … ist das die Zeitmaschine?«

Wenn sie auch kurz zuvor noch an der Existenz einer solchen Maschine gezweifelt hatte, so hielt sie inzwischen beinahe alles für möglich. Das Ganze war so fantastisch!

»Ja, das ist sie«, erwiderte Benjamin.

»Hilf mir doch endlich, Benjamin«, ertönte da die verzweifelte Stimme des Professors.

Jetzt erblickten Melanie und Thomas den Wissenschaftler. Er stand zwischen zwei Tropfsteinsäulen. Neben ihm schwebte ein milchiges Etwas in der Luft. Es sah aus wie ein durchsichtiger Sitzball. Nein, eher wie eine riesige Kaugummiblase, denn sie schien sich auszudehnen. Als Melanie entdeckte, dass sich im Innern der Blase etwas bewegte, erschauderte sie.

»Mein Gott … Was ist das?«

»Wenn ich das wüsste«, sagte Benjamin tonlos.

»Was ist mit der Schwerkraft?«, flüsterte Thomas ungläubig. »Das Ding müsste doch runterfallen … Es schwebt vollkommen frei in der Luft …«

Je näher sie kamen, desto unheimlicher wurde ihnen zumute.

»Da drin ist ein Baby!«, rief Melanie voller Entsetzen. »Eine große Fruchtblase …« Sie hatte ähnliche Abbildungen schon in medizinischen Büchern gesehen.

Professor Ambrosius warf den Ankömmlingen einen panischen

Blick zu. Melanie rechnete damit, dass er Benjamin nun Vorwürfe machen würde, weil dieser ihnen die Höhle gezeigt hatte.

Aber Magnus' aschfahles Gesicht verriet, dass er im Moment andere Sorgen hatte. »Passt auf, was passiert. Es ist unglaublich!«

In der Blase befand sich tatsächlich ein Baby. Doch es war nicht nackt. Ein graues Tuch verhüllte den kleinen Körper. Nur Kopf und Arme waren unbedeckt. Während Benjamin, Melanie und Thomas fassungslos auf den Säugling starrten, fing dieser an sich zu verändern. Er wuchs, wurde ein Kleinkind, ein Junge, ein junger Mann. Die Blase dehnte sich im gleichen Maße aus.

»Das gibt's doch nicht«, wisperte Melanie und starrte wie gebannt auf dieses unglaubliche Schauspiel.

Der Mann in der Blase alterte sichtlich. Sein Haar verfärbte sich grau, die Haut wurde runzelig – er war zum Greis geworden. Jetzt schlug er für einen kurzen Moment die Augen auf. Seine Lippen bewegten sich, er wollte etwas sagen, aber dann sank sein Kopf zurück und die Augen schlossen sich wieder.

Melanie zitterte am ganzen Leib.

»Wer ist das?«, flüsterte Thomas.

»Keine Ahnung«, antwortete der Professor. »Das Wesen stammt jedenfalls nicht aus unserer Zeit. Ich nenne es *Homunkulus.* Schaut mal, was nun geschieht.«

Der Prozess in der Blase lief rückwärts ab: Der Greis wurde zum jungen Mann und wieder zum Säugling. Die Blase schrumpfte.

Gleich darauf fing alles von vorne an.

»Computeranalyse beendet«, meldete Archie.

»Was hast du über den *Homunkulus* herausgefunden?«, fragte Magnus.

»Die Umhüllung besteht aus einer Art organischem Plasma. Atembares Luftgemisch im Innern: Stickstoff siebenundsiebzig Prozent, Sauerstoff einundzwanzig Prozent, sonstige Gase zwei Prozent.«

»Und was ist mit dem *Homunkulus*?«, hakte der Wissenschaftler nach.

»Keinerlei Daten, Meister.«

»Aber deine Sensoren müssen doch etwas erfassen, Archie!«

Es klickte hinter ihnen. Als sich Melanie zur Anlage herumdrehte, sah sie, dass sich einer der Bildschirme eingeschaltet hatte. Auf dem Monitor erschien eine grafische Abbildung der Blase. Sie vergrößerte sich im gleichen Tempo wie das Original, aber sie war leer.

»Nichts, Meister«, antwortete Archie. Melanie glaubte, ein Bedauern aus der Computerstimme zu hören. »Das Wesen, das Sie sehen, bewegt sich offenbar außerhalb der Zeit.«

Keiner von uns kann es fassen. Da schwebt dieses widerliche Wesen in der Luft. Niemand weiß, woher es kommt. Es gruselt mich, wenn ich hingucke. Zuerst hab ich gedacht, dass ich alles vielleicht nur träume. Ich hab mich dreimal in den Arm gezwickt. Aber das verhexte Ding ist noch immer da. Es altert und verjüngt sich … Laut Archie braucht es dazu genau viereinhalb Minuten.

Uns ist eines klar: Von allein wird das Ding bestimmt nicht verschwinden. Deswegen hat der Prof gerade beschlossen, die Blase zu sprengen und den Homunkulus *herauszuholen.*

Aber was passiert, wenn uns dieses unheimliche Etwas angreift?

Ich darf gar nicht daran denken!

Meister über die Zeit

Nachdem der Professor gewagt hatte, die Blase anzufassen, traute sich auch Melanie. Sachte strich sie mit den Händen über die elastische Hülle.

»Fühlt sich an wie ein Luftballon.«

Magnus Ambrosius zückte ein Taschenmesser.

Benjamin riss entsetzt die Augen auf. »Damit willst du einfach reinstechen?«

»Ich empfehle einen Sicherheitsabstand«, mahnte Archie.

»Meinst du, es entstehen giftige Gase?« Der Professor ließ das Messer sinken.

»Unwahrscheinlich«, antwortete Archie. »Ich kann aber nicht einschätzen, wie der *Homunkulus* reagieren wird. Seien Sie bitte vorsichtig, Meister.«

»Sagt der Computer immer Meister zu deinem Onkel?«, fragte Melanie.

Benjamin nickte. »Hat er sich so angewöhnt.«

»Gut, Archie, ich werde deinen Rat beherzigen.« Der Professor ging zu der Computeranlage, wo auch einige Kisten mit Werkzeug und Materialien herumstanden. Dazwischen hatte es sich Major bequem gemacht. Doch Magnus achtete nicht auf den Hund, öffnete eine der Kisten und nahm einen langen Greifer heraus. Wenn man den Kunststoffgriff drückte, zogen sich am anderen Ende metallene Finger zusammen.

»Damit willst du das Ding sprengen?«, fragte Benjamin.

»Hast du einen besseren Vorschlag?«

»Nein.«

»Dann geht alle zur Seite, bitte.«

Die Blase hatte gerade ihre größte Ausdehnung erreicht, als der Professor den Greifer ausstreckte. Melanie hielt sich die Ohren zu.

Die metallenen Finger rissen ein Loch in die Hülle.

Es ertönte kein Knall, sondern ein Dröhnen wie bei einer Schiffssirene. Kleine blaue Flämmchen züngelten an der Öffnung entlang. Das gespenstische kalte Feuer verteilte sich im Nu über die ganze Blase – ein Flackern, Funkeln und Blitzen …

Gleichzeitig wurde es ringsum eiskalt. Thomas schlug frierend die Arme um seinen Oberkörper.

Pflupp!

Mit einem schillernden Funkenregen hatte sich die Blase aufgelöst.

Nur der alte Mann schwebte – allen Gravitationsgesetzen zum Trotz – weiterhin in der Luft. Er hielt die Augen geschlossen und hatte Raureif am Bart.

»Warum fällt der Kerl nicht runter?«, flüsterte Benjamin.

»Meine Sensoren erfassen noch immer nichts«, sagte Archie. »In der Höhle sind vier Personen und ein Hund.«

»Ein schwebender alter Mann, der nicht da ist.« Magnus Ambrosius machte einen Schritt auf den Schlafenden zu. Er spürte die unnatürliche Kälte, die von dem Alten ausging. Vorsichtig berührte Magnus den Arm des Fremden. Der Arm war nicht steif gefroren, sondern weich und nachgiebig. »Wie kann er nur so kalt sein? Hat er flüssige Luft in den Adern?«

Benjamin griff nach der Hand des Schwebenden. Er musste sie einfach anfassen. »Kalt wie Eis«, bestätigte er. Dann riss er entsetzt die Augen auf. »Er lässt mich nicht mehr los!«

Wie ein Schraubstock hatten sich die Finger des Alten um Benjamins Handgelenk geschlossen.

Der Junge wurde totenbleich und versuchte sich loszureißen. »Verdammt … er saugt alle Wärme aus mir heraus …«

Professor Ambrosius kam seinem Neffen zu Hilfe. Aber auch er konnte den Griff nicht lösen. Sie schafften es nicht einmal zu dritt. Melanie und Thomas schauten sich panisch an. Was war das für eine Hexerei?

»Ich halt's nicht mehr aus.« Benjamin heulte fast vor Schmerz. »Mir war noch nie so kalt!«

In diesem Moment schlug der Alte die Augen auf. Sie waren hellgrün und leuchteten so eigenartig, wie Melanie es noch nie gesehen hatte. Es war ganz eindeutig, dass der Alte kein gewöhnlicher Mensch war.

Der Blick des Fremden streifte das Mädchen. Er riss seine Augen auf, als würde er Melanie kennen.

»Viviane!«

»Achtung, er fällt!«, rief Thomas.

Mit dem Erwachen des Alten war die Schwerkraft in seinen schwebenden Körper zurückgekehrt. Obwohl Thomas und Magnus sofort reagierten, konnten sie den Mann nicht auffangen. Er schlug hart auf dem Boden auf. Keuchend lag er da und rang nach Luft.

»Er hat mir fast den Arm ausgekugelt«, beschwerte sich Benjamin. Noch immer hielt der Alte sein Handgelenk umklammert, aber die Finger erwärmten sich deutlich.

Magnus Ambrosius kniete sich neben den Liegenden. »Wer sind Sie? Und woher kommen Sie?«

Der Alte blickte ihn an. Erstaunt hob er die Augenbrauen. Dann sagte er einen Satz in einer fremden Sprache.

»Archie, bitte eine Analyse«, forderte der Professor.

Der Computer antwortete prompt. »Die Sprache enthält Anklänge an die gälische und walisische Sprache. Ich vermute, es ist Keltisch, Meister.«

»Keltisch?«, wiederholte Melanie erstaunt. »Wer ist der Kerl?«

»Ich nehme jetzt eine normale menschliche Lebensform wahr«, sagte Archie.

Der Alte versuchte sich aufzusetzen. Magnus Ambrosius unterstützte ihn dabei. Benjamin kam endlich frei und rieb sich sein schmerzendes Handgelenk.

»Können Sie mich verstehen?«, fragte der Professor langsam. »Sprechen Sie Deutsch?«

Der Fremde blickte ihn nur mit seinen schillernden Augen an.

»Der kapiert nichts«, stellte Thomas fest. »Jetzt wär ein Übersetzungscomputer nützlich. Allerdings dürfte Keltisch kaum zum Standardprogramm gehören.«

»Der Prof hat was viel Besseres als einen Übersetzungscomputer«, sagte Benjamin.

»Etwas Besseres?«, wiederholte Thomas ungläubig. Übersetzungscomputer waren doch schon ein riesiger Fortschritt! Sie wurden höchstens übertroffen von elektronischen Chips, die man direkt ins Gehirn einpflanzen konnte. Aber so weit war die Technik noch nicht, das wusste er.

Professor Ambrosius griff in seine Hosentasche und holte eine Metalldose heraus. »Lasst euch nicht von der Verpackung täuschen. Das hier sind keine Hustenbonbons, sondern Sprachpillen.«

Er öffnete die Dose. Darin lagen lauter kleine dunkle Pastillen, von denen ein aromatischer Duft aufstieg.

»Sprachpillen?«, fragte Thomas.

»Ich habe sie zusammen mit einem Freund entwickelt, der Mediziner ist«, sagte Magnus. »Diese Pillen regen das Sprachzentrum im Gehirn um ein Vielfaches an. Man kann in Windeseile eine Fremdsprache lernen – nach dem gleichen Muster, wie ein Kind die Muttersprache erlernt. Es geht nur viel schneller.«

Benjamin nickte. »Wir haben es an Affen getestet. Nach einer Weile konnten wir uns ohne Schwierigkeiten mit den Schimpansen in der Zeichensprache unterhalten.«

Melanies Augen wurden schmal. Es brachte sie jedes Mal auf, wenn sie hörte, dass Affen als Versuchstiere herhalten mussten.

»Und als wir im Institut kürzlich Gäste aus Amerika hatten, da konnte ich mich ohne Probleme mit ihnen verständigen«, erzählte der Professor weiter. »Alle haben gestaunt. Ich habe sogar ganz spezielle Fachausdrücke verstanden.«

»Leider will er mir die Pillen nicht für die Schule leihen. Finde ich ganz schön gemein«, beschwerte sich Benjamin.

»Und gibt's Nebenwirkungen?«, fragte Melanie, noch immer misstrauisch.

»In Ausnahmefällen höchstens leichte Übelkeit oder gesteigerter Harndrang«, antwortete Magnus. »Die Sprachpillen machen nicht süchtig und schädigen auch keine Organe.«

Thomas war sofort begeistert. »Aber das ist sensationell! Wahnsinn! Wenn die Pillen tatsächlich wirken ...«

»Sie wirken, junger Freund«, versicherte ihm der Professor. »Falls das Mittel irgendwann auf den Markt kommt, werde ich Multimillionär. Aber vorerst habe ich damit andere Pläne.« Er nahm eine der Pastillen aus der Dose und schob sie in den Mund. Benjamin streckte die Hand aus und Thomas und Melanie ließen sich ebenfalls eine Pastille geben.

Sie schmeckte leicht nach Pfefferminz und Vanille. Melanie wartete gespannt auf die Wirkung. Würde überhaupt etwas passieren?

Der Fremde hatte ihnen interessiert zugesehen.

»Was ist das für eine Zeremonie?«, fragte er plötzlich. »Gehört sie zu einem Weck-Ritual?«

Benjamin jubelte. »Ich kann ihn verstehen! Jedes Wort!«

Melanie warf einen bewundernden Blick auf den Prof. Eine geniale Erfindung! Dieser Magnus Ambrosius schien tatsächlich über ungewöhnliche Fähigkeiten zu verfügen!

»Wer Sie auch sind – herzlich willkommen!« Professor Ambrosius streckte die Hand aus und half dem Fremden beim Aufstehen.

Dieser lächelte. »Ich weiß zwar nicht, wie ihr es geschafft habt, aber ich danke euch, dass ihr mich aus meinem ewigen Schlaf geweckt habt.« Sein Blick blieb an Melanie hängen. »Meine Augen müssen sich erst wieder ans Licht gewöhnen. Im ersten Moment hielt ich dich für Viviane, entschuldige.«

»Wo-woher kennen Sie denn Vivi?« Magnus Ambrosius sah ihn überrascht an.

»Ich glaube, er meint eine andere Viviane, nicht Vivien, deine Ex«, sagte Benjamin.

Magnus räusperte sich. »Ja, natürlich …«

Der Fremde wandte sich an den Professor. »Viviane ist die Frau, die diesen Zauber über mich gelegt hat. Sie hat mir den Zeitkristall gestohlen und mich in jahrhundertelangen Schlaf versetzt.«

»Zeitkristall?«, flüsterte Melanie.

»Ich wusste doch, dass er von einer anderen Tussi redet«, meinte Benjamin nur.

»Jahrhundertelanger Schlaf«, murmelte Thomas fassungslos. »Klingt irgendwie nach Dornröschen …«

»Dich aber«, der Fremde stieß seinen Zeigefinger gegen Magnus Ambrosius' Brust, »kenne ich wirklich. Ich habe dich schon oft in meinen Träumen gesehen. Unsere Schicksalsfäden sind miteinander verknüpft. Du bist wie ich ein Meister über die Zeit.«

Der Professor schluckte. »Wer sind Sie?«

»Ich bin Merlin«, sagte der Fremde.

Natürlich habe ich schon von Merlin gehört. Ich kenne ihn aus dem Fernsehen und als Comicfigur, mit spitzem Hut und Zauberstab oder mit langen Haaren und wallendem Bart. Offen gestanden hab ich mir nie viele Gedanken darüber gemacht, ob es diesen Merlin tatsächlich gegeben hat. Muss es aber, sonst wäre er ja jetzt nicht hier. Ich meine, der Prof kann ja schlecht eine Person aus der Vergangenheit herbeiholen, die nie existiert hat.

Nun ist dieser Merlin hier bei uns in der Höhle. Merkwürdiger

Typ! Man wird einfach nicht klug aus ihm. Das heißt, er macht schon einen sehr klugen Eindruck. Er scheint ziemlich viel zu wissen. Zumindest tut er so, als würde er alle Geheimnisse der Welt kennen.

Aber ist er nur schlau – oder kann er tatsächlich zaubern?

Jedenfalls hat er etwas Magisches an sich. Wie er mir vorhin die Wärme aus dem Körper gezogen hat – das werde ich nie vergessen! Ich habe gedacht, mein Leben entweicht …

Merlin hat meinem Onkel eine Menge Fragen gestellt. Darunter auch ein paar ziemlich komische. Zum Beispiel, ob der Prof auch im Dienst des Königs stünde. Und warum er das Rätsel der Zeit lösen wolle.

»Eigentlich aus Neugier«, hat Onkel Magnus geantwortet.

»Geht es dir nicht um Macht?«, hat Merlin gefragt. Wer Einfluss auf die Zeit nehmen könne, der könne auch sonst unheimlich viel bewerkstelligen.

Das sehe ich auch so. Zum Beispiel könnte ich eine schlechte Arbeit in der Schule einfach rückgängig machen …

Doch der Prof war sehr zurückhaltend. Er möchte nur Beobachter sein, hat er erklärt. Und dann haben er und Merlin angefangen zu fachsimpeln. Ich habe fast gar nichts verstanden. Nur so viel, dass sowohl der Prof als auch Merlin die Formel für die Zeit kennen, aber jeder damit anders umgeht.

Am meisten hat mich interessiert, als Merlin von Viviane erzählt hat. Die war wohl seine Freundin. Wahrscheinlich hat er auch nicht gemacht, was sie wollte, und deswegen hat sie ihm aus Rache den Zeitkristall geklaut und ihn in ewigen Schlaf versetzt. Merlin ist jedenfalls stinksauer auf Viviane. Ich möchte nicht in ihrer Haut stecken, wenn er zu ihr zurückkehrt!

Dann hat er uns einen tollen Trick vorgeführt, bei dem es mich echt total gegruselt hat. Merlin hat Major hypnotisiert! Einfach unglaublich, wie Major ihm gehorchte! Merlin brauchte noch nicht einmal was zu sagen. Er hat ihn nur angeschaut und schon hat sich Major flach hingelegt. Er hat alles gemacht, was Merlin wollte.

Wir waren schwer beeindruckt. Ob Merlin auch Menschen hypnotisieren kann? Hoffentlich probiert er es nicht an mir aus! Ich wette, ich wäre dann genauso willenlos wie Major.

Dieser Merlin ist mir irgendwie unheimlich …

Professor Ambrosius' Zeitmaschine

Magnus Ambrosius hatte das Gefühl, dass ihm die ganze Angelegenheit über den Kopf wuchs. Wie Major dem Fremden gehorchte – erschreckend!

»Das war nur eine kleine Kostprobe meines Könnens«, sagte Merlin. »Wenn ich wollte, könnte ich aus euch allen lauter Narren machen. Dass ich es nicht tue, ist reine Freundlichkeit von mir.«

Keiner der Anwesenden zweifelte an seinen Worten. Merlin brauchte bestimmt nur mit den Fingern zu schnippen und sie würden alle auf dem Boden kriechen und ihm winselnd die Füße lecken!

»Wie macht er das nur?«, flüsterte Melanie. Sie spürte fast körperlich die Macht, über die Merlin verfügte.

»Keine Ahnung«, gab Thomas ebenso leise zurück. »Hypnose und Suggestion. Er hat ein außergewöhnliches Charisma …«

Dem Professor war unbehaglich zumute. Gerne wäre er den Geist, den er gerufen hatte, wieder losgeworden. Dabei war dieser Merlin fraglos ein hochintelligenter Mann und es wäre bestimmt interessant gewesen, sich länger mit ihm zu unterhalten. Doch Magnus traute ihm nicht über den Weg. Dieser Merlin schien keinerlei Skrupel zu haben, in der Zeit herumzupfuschen, die Vergangenheit zu ändern und Ereignisse auf den Kopf zu stellen.

In diesem Moment wandte sich Merlin plötzlich Benjamin zu. »Bist du gut im Schwertkampf? Kannst du reiten und fechten? Wie lange brauchst du, um einen Gegner auf den Rücken zu legen?«, fragte er ihn streng.

»Ich … äh … habe noch nie …«, stotterte Benjamin.

»Ach du meine Güte«, sagte Merlin von oben herab, »und was sagen dein Vater und deine Mutter dazu?«

»Lassen Sie gefälligst meine Mutter aus dem Spiel!«, fuhr ihn Benjamin an und seine Augen blitzten vor Empörung.

Der Professor glaubte sofort, sich für Benjamins heftige Reaktion entschuldigen zu müssen.

»Benjamins Mutter kam vor fünf Jahren ums Leben. Es war natürlich ein großer Schock für ihn und wir haben sogar eine Therapeutin zurate gezogen.«

»Deine Mutter ist also tot.« Merlin heftete seinen Blick auf Benjamin. »Das ist bestimmt sehr traurig für dich.«

Benjamin nickte zögernd.

»Sicher hast du deine Mutter sehr geliebt«, bohrte Merlin weiter.

Wieder ein Nicken.

»Würdest du sie gerne wieder sehen?«

Benjamin schluckte. »Sie ist doch tot«, sagte er gepresst.

»Ich könnte sie dir noch einmal zeigen«, schlug Merlin vor. »Ich könnte ihren Tod sogar rückgängig …«

»Stopp«, fiel ihm der Professor ins Wort. »Das geht zu weit, Merlin. Wir leben im einundzwanzigsten Jahrhundert. *Ich* bin der

Beschützer und Lehrer von Benjamin – genau wie du dich in deiner Zeit um den jungen Artus gekümmert hast …«

»Wie du meinst.« Ein Lächeln spielte um Merlins Lippen. »Dann will ich dir nicht reinpfuschen.«

»Na ja, Lehrer«, wiederholte Benjamin mit einem spöttischen Seitenblick auf Magnus Ambrosius. »Das würde ich nicht ganz so sehen …«

Melanie hatte das Funkeln in Benjamins Augen wahrgenommen, als Merlin davon gesprochen hatte, seine Mutter wieder lebendig werden zu lassen. Sie konnte verstehen, dass das Angebot für ihn sehr verlockend war. Sie würde in seiner Situation auch Himmel und Hölle in Bewegung setzen …

»Nun gut«, sagte Merlin abrupt. »Du hast mir klargemacht, dass ich in deinem Jahrhundert nichts zu suchen habe. In den Wäldern von Caledon warten auf mich jedoch zahlreiche Aufgaben. Bring mich also bitte in meine Zeit zurück.«

Professor Ambrosius sah zögernd Benjamin an. »Das bedeutet, dass wir die Zeitmaschine benutzen müssen. Ich weiß nicht …«

»Wir haben sie noch nie an einem Menschen getestet«, sagte Benjamin, während er Major streichelte, der den Kopf zwischen seine Knie geschoben hatte.

Magnus Ambrosius kämpfte mit sich. Auf der einen Seite bedeutete der Einsatz der Zeitmaschine ein gewisses Risiko, auf der anderen musste er Merlin möglichst schnell wieder loswerden. Wie sollte er auch dessen Auftauchen erklären? Merlin besaß keinen Personalausweis und keine Einreisepapiere. Ihn auf Dauer zu verstecken, würde nicht gut gehen. Eine innere Stimme sagte ihm, dass sich Merlin auch nicht verstecken lassen würde.

»Es ist allerdings nicht ungefährlich, dich mit der Zeitmaschine zurückzubringen«, sagte Magnus zu Merlin.

Merlin lachte. »Ich habe mehr als ein Jahrtausend verschlafen. Was kann mir noch passieren?«

»Dein Körper könnte sich beispielsweise in einzelne Atome auflösen …«

»Das Leben ist nun mal voller Risiken. Bring mich trotzdem nach Caledon zurück.«

»Dann komm mit.«

Professor Ambrosius ging durch die Höhle voraus. Merlin, Benjamin, Thomas und Melanie folgten ihm, begleitet von Major. Sie überquerten die hölzerne Brücke und standen auf der kleinen Insel, die von den beiden Armen des Höhlenflusses gebildet wurde.

Die Luft vor ihnen flimmerte und funkelte.

»Archie«, sagte der Professor laut. »Hol die Zeitmaschine aus der fünften Dimension.«

»Sehr wohl, Meister«, antwortete der Computer.

»Was ist die fünfte Dimension?«, fragte Melanie überrascht.

»Hast du in Mathe aufgepasst?«, fragte Professor Ambrosius.

Melanie nickte.

»Ein Strich – eine Dimension. Eine Fläche – zwei Dimensionen. Ein Würfel – drei Dimensionen. Nimm die Zeit dazu, dann hast du die vierte Dimension. Die anderen Dimensionen übersteigen unsere Vorstellungskraft. Wir Wissenschaftler vermuten, dass es zehn oder elf Dimensionen gibt, vielleicht noch mehr.«

Melanie schluckte.

»Ich habe die Zeitmaschine in die fünfte Dimension geschickt. Das bedeutet, dass die Maschine ständig gegenwärtig ist, aber dass wir sie nicht wahrnehmen, weil sie sich außerhalb der Zeit befindet.«

Obwohl sich Melanie bemühte, den Erklärungen des Professors zu folgen, schwirrte ihr der Kopf. Doch dann vergaß sie die ganze Theorie. Das Funkeln und Flimmern in der Luft wurde stärker und es erschien – wie aus dem Nichts – ein Gebilde, das aussah wie ein großes, quer liegendes Ei.

Melanie schnappte unwillkürlich nach Luft.

Die Zeitmaschine war über und über mit glänzenden Zellen bedeckt. Eine Einstiegsluke glitt zur Seite. Melanie sah im Innern Sitze und ein kompliziert wirkendes Armaturenbrett mit Bildschirm.

»Die Maschine funktioniert mit Sonnenenergie«, stellte Thomas fest.

»Richtig erkannt«, sagte Magnus Ambrosius. »Sonne und Licht gibt es in jeder Zeitepoche – sogar in der Eiszeit. Eine Steckdose dagegen hat Seltenheitswert.«

»Wow«, sagte Melanie. Die Zeitmaschine übertraf all ihre Erwartungen. Wenn sie sich vorstellte, dass man damit tatsächlich in eine andere Zeit reisen konnte! Vor lauter Aufregung begann ihr Herz wie verrückt zu klopfen.

»Die Wälder von Caledon«, sagte der Professor. »Archie, kannst du feststellen, wo sich dieser Ort befindet?«

»Ich versuche mein Bestes, Meister«, antwortete Archie sofort.

»Dann soll er das mal tun«, sagte Merlin belustigt.

Melanie fragte sich, wie Merlin es schaffte, den Computer so mühelos zu verstehen. Er hatte schließlich keine Sprachpille genommen. War er doch ein Hexer? Oder konnte er etwa Gedanken lesen? Also ihre und die der anderen? Oder sogar die elektrischen Ströme von Archie?

In der Zeitmaschine ging der Bildschirm an. Eine Landkarte wurde sichtbar. Melanie erkannte die Britischen Inseln. Dann erschien ein leuchtender Pfeil. Er bewegte sich quer über die Karte und verharrte an einem Punkt nördlich von England.

»Genau hier«, sagte Merlin.

»Super, Archie«, lobte der Professor.

»Das war ich nicht«, ächzte Archie. »Ich habe einen Augenblick lang die Kontrolle verloren. Der Pfeil …«

»Ich habe ein wenig nachgeholfen«, unterbrach Merlin den Computer. »Ein Kinderspiel.« Er bewegte seinen Zeigefinger nach rechts – und auf dem Bildschirm sauste der Pfeil ebenfalls nach rechts und verschwand.

Magnus Ambrosius hatte einen trockenen Mund. Merlins Tricks gefielen ihm überhaupt nicht. »Archie, hast du dir die Position des Pfeils gemerkt?«

»Ja, Meister«, antwortete Archie. Seine Stimme klang matt. »Aber könnten Sie vielleicht die Außensteuerung abstellen? Sie bringt mich durcheinander. Ich nehme starke Magnetfelder wahr. Sie stören mich beim Denken …«

Merlin trat einen Schritt zurück. »Besser?«

»Etwas«, antwortete der Computer gequält.

»Bitte, Merlin, Archie ist eine äußerst empfindliche Maschine«, sagte Professor Ambrosius. »Ich habe sie mit viel Zeit und großer Mühe gebaut.«

Merlin lächelte. »Schon gut. Selbstverständlich respektiere ich die Erfindungen anderer Genies.«

Magnus Ambrosius spürte, wie Ärger in ihm hochstieg, aber er unterdrückte das Gefühl. »In welches Jahr sollen wir dich zurückbringen, Merlin? Welcher Monat, welcher Tag?«

»Ganz egal. Das genaue Datum ist unwichtig«, antwortete Merlin. »Ich hab meine eigenen Methoden, mich in der Zeit zu bewegen.«

»Ich schlage das Jahr 500 nach Christus vor«, schaltete sich Archie ein.

Merlin zuckte die Achseln. »In Ordnung.«

»Okay«, sagte Magnus. »Dann können wir starten. – Nach dir, Merlin.« Merlin kletterte in die Maschine und nahm auf einem der Sitze Platz. Der Professor folgte ihm.

»Halt!«, rief Benjamin, als sein Onkel die Hand ausstreckte, um die Tür zu schließen. »Und ich? Soll ich etwa hier bleiben?«

»Zu gefährlich«, antwortete Magnus. »Es reicht, wenn ich mein Leben aufs Spiel setze.«

»Und was ist, wenn du nicht zurückkommst?«, schrie Benjamin voller Panik. »Dann ist niemand mehr da und ich bin ganz allein. Das Jugendamt steckt mich bestimmt in ein Heim …«

Magnus zögerte.

»In ein Heim will ich nicht«, schrie Benjamin weiter. »Dann reiß ich aus. Immer wieder! Außerdem hast du Mama versprochen, dass du dich um mich kümmerst. Ich weiß noch genau, wie du an ihrem Grab eine Kerze angezündet hast.«

Der Professor verzog schmerzlich das Gesicht. Auch er konnte sich noch genau erinnern, was er damals gesagt hatte.

»Kinder sind kleine Monster«, bemerkte Merlin. »Wenn sie es darauf anlegen, kriegen sie immer ihren Willen.«

»Na, komm schon, Benjamin.« Magnus gab seufzend nach. »Rein in die Zeitmaschine.« Benjamin strahlte und war mit einem Satz drinnen. Major sprang hinterher.

»Und was ist mit uns?«, fragte Thomas empört. Erwarteten Professor Ambrosius und Benjamin etwa, dass er und Melanie dablieben? Thomas wollte unbedingt wissen, ob man mit der Zeitmaschine tatsächlich in die Vergangenheit reisen konnte. Außerdem interessierte es ihn, wie sich Archie, die künstliche Intelligenz, weiter verhalten würde. Archie schien tatsächlich selbstständig denken zu können. Aber konnte er auch Gefühle zeigen? In diesem Punkt war sich Thomas noch nicht sicher.

»Ich will auch mitkommen«, mischte sich Melanie ein. »Ihr braucht nicht zu denken, dass ich Angst habe, weil ich ein Mädchen bin.«

Magnus Ambrosius zögerte kurz. »Na gut«, sagte er dann und seufzte. »Wahrscheinlich bin ich der verantwortungsloseste Wissenschaftler, den es gibt – aber ihr werdet eine Premiere erleben. Ihr seid die ersten Menschen, die mit einer Zeitmaschine reisen.«

»Moment«, sagte Melanie und zog ihr Handy aus der Jacke. »Kann ich noch kurz eine SMS an meine Mutter schicken? Nur für den Fall, dass wir nicht zurückkehren ...«

»Aber du schreibst doch nichts über die Zeitmaschine?«, sagte Magnus warnend. Melanie schüttelte den Kopf, während sie die Nachricht an ihre Mutter tippte.

Hallo, Mama. Hier ist es unglaublich toll. Ich liebe dich und Paps. Grüß Nelson von mir. Hoffentlich bis bald, Mel.

Melanie wählte die Option SENDEN und steckte ihr Handy wieder ein. »So, es kann losgehen.«

Ich hätte nie wieder mit dem Prof geredet, wenn er mich in der Höhle zurückgelassen hätte!

Und bis jetzt haben wir uns auch noch nicht in einzelne Atome aufgelöst. Alles scheint zu klappen. Wir sausen in der Zeit zurück – und zwar in Windeseile. Die Jahresanzeige auf dem Armaturenbrett läuft, wir sind schon im Jahr 1572 … 1568 … *Es geht rasend schnell!*

Wenn man durch eines der Fenster guckt, sieht man draußen nur weißen Nebel. Eine richtig dicke Milchsuppe. Onkel Magnus sagt, das sei ganz normal. Wenn man alle Farben mischt, kommt Weiß heraus.

Und wir sind so schnell, dass sich alles mischen muss, weil man keine einzelne Farbe mehr erkennen kann. Alles flitzt und rast! Wir sausen durch Tage, Wochen und Monate … 1066 …

Ich bin gespannt, wo wir ankommen. Merlin sitzt neben mir und riecht eklig. Na ja, Duschgel gab's damals vermutlich noch nicht.

Ich wette, er würde zu gerne wissen, was ich gerade über ihn denke. Neugieriger Kerl! Ich bin froh, wenn wir den los sind! Obwohl es mich brennend interessiert, ob er tatsächlich Zauberkräfte hat. Bisher kannte ich Druiden nur aus den Asterix-Heften.

Und was Merlin vorhin über meine Mutter gesagt hat … Natürlich würde ich sie gerne wieder sehen. Und ich möchte auch erfahren, wer mein Vater ist. Ob man Mamas Unfall tatsächlich rückgängig machen könnte?

609 … Ich finde es toll, dass Melanie und Thomas mitgekommen sind. Ob sie wohl insgeheim genauso Bauchweh haben wie ich? Ich lass mir jedenfalls nichts anmerken!

Die Milchsuppe draußen verzieht sich. Ich glaube, wir sind gleich da!

Fieser Trick!

»In Kürze erreichen wir das Jahr 500 nach Christus«, ertönte Archies Stimme aus dem Lautsprecher am Armaturenbrett.

Merlin schloss die Augen und sog laut und genießerisch die Luft ein. »Oh, ich rieche den Wald von Caledon! Wunderbar!«

»Kann doch gar nicht sein«, widersprach Professor Ambrosius. »Wir sind noch mitten im Zeitstrom, Luke und Fenster sind geschlossen ...« Er brach ab. Jetzt roch er es selbst, ein würziger Duft nach Harz erfüllte die Zeitmaschine. Außerdem zwitscherte unmittelbar hinter seinem Kopf ein Fink. Irritiert drehte sich der Professor um. Nichts. Kein Vogel. Nur die Wände der Zeitmaschine ...

»Hört ihr das?«, fragte Merlin und hob den Zeigefinger. »Das Summen von Wildbienen, einem großen Schwarm ...«

Es hatte schon während der ganzen Reise gesummt und gebrummt – das Motorengeräusch der Zeitmaschine. Doch jetzt klang das Summen anders. Es hörte sich an, als würden sich Hunderte von Insekten auf engstem Raum befinden ...

Melanie, die die Bienenstöcke aus dem Zoo ihres Vaters kannte, zog unwillkürlich das Genick ein.

»Es hört sich wirklich nach Bienen an.«

Merlin lächelte. »Sag ich doch.«

Plötzlich blökte in der Zeitmaschine ein Esel. Das Geräusch kam aus dem Lautsprecher am Armaturenbrett, Thomas war sich ganz sicher.

Magnus sah Merlin von der Seite an. »Falls das wieder irgendwelche Tricks sind – die finde ich überhaupt nicht witzig!«

Merlin ließ sich nicht aus der Ruhe bringen. »Das ist nur Robert, mein zahmer Esel. Der Arme hat wahrscheinlich Sehnsucht nach mir.«

In diesem Moment hörte das Summen der Zeitmaschine auf.

»Wir sind am Ziel«, verkündete Archie. »Der Wald von Caledon.«

Die Luke glitt auf. Draußen war es stockfinster. Professor Ambrosius beugte sich nach vorne und drückte auf einen Knopf. Ein Lichtkegel durchschnitt die Dunkelheit. Sie befanden sich nicht im Wald, sondern im Innern eines Gebäudes.

»Schon richtig«, sagte Merlin. »Das ist mein Observatorium. Von hier aus beobachte ich die Sterne und hier betreibe ich auch meine Forschungen. Die werden dich bestimmt interessieren, Kollege.« Er schlug Magnus auf die Schulter und sprang leichtfüßig aus der Maschine.

Melanie, Thomas, Benjamin und der Professor folgten ihm. Merlin stand vor der Zeitmaschine, breitete die Arme aus und spreizte die Finger. Ein vielfaches Zischen ertönte. Im Nu wurde der Raum von zahlreichen blauen Flämmchen erhellt.

Thomas war verwirrt. »Das ist ja fast wie im Chemiesaal. Lauter Bunsenbrenner …«

»Elmsfeuer, mein Lieber.« Merlin lächelte noch breiter. »Warum kommt der Hund nicht aus der Maschine? Ist er immer so ein Angstschisser?«

Benjamin pfiff. Daraufhin setzte sich Major in Bewegung und verließ zögernd, Pfote für Pfote, die Zeitmaschine. Er tappte zu Benjamin und ließ sich von ihm streicheln.

Melanie sah, wie Major am ganzen Leib zitterte. Das beunruhigte sie. Sie wusste, dass Tiere manchmal besondere Vorahnungen hatten oder besonders empfänglich für die Ausstrahlungen eines Ortes waren. Wahrscheinlich mochte Major das unheimliche Observatorium nicht …

Der große kreisförmige Raum wurde von einer undurchsichtigen Kuppel überdacht.

An den Wänden waren unzählige kleine Fenster – Melanie schätzte sechzig bis siebzig Luken –, die mit hölzernen Klappläden verschlossen werden konnten. In der Mitte des Raums führte eine Leiter bis zum Kuppeldach. Hoch oben war ein Sitz angebracht. Wenn man die Dachklappe öffnete, hatte man einen freien Blick auf den Sternenhimmel.

»Von dort aus beobachte ich den Lauf der Gestirne«, sagte Merlin. »Und die vielen Fenster sind sehr nützlich, wenn ich einen Sternkalender aufstelle.«

Auf einigen Tischen lagen Pergamentrollen mit angefangenen Zeichnungen und Berechnungen. Thomas warf einen Blick darauf. Die Formeln sahen ziemlich kompliziert aus.

»Was kann ich euch als Begrüßungsgetränk anbieten?«, fragte Merlin, holte eine bauchige Flasche aus dem Holzregal und blies den Staub herunter. »Dies hier ist beispielsweise ein erstklassiges

Elixier. Es erhält die Körper- und Geisteskräfte. Ein wahrer Jungbrunnen. Darf ich dir einen Becher davon einschenken, Kollege?«

Magnus streckte abwehrend die Hände aus. »Danke, aber ich will jetzt keinen Drink.« Er lachte verlegen. »Erst recht keinen magischen.«

»Hast du Angst, es könnte ein Zaubertrank sein?«, spottete Merlin. »Traust du mir nicht?«

»Doch, schon«, versicherte Professor Ambrosius, während er genau das Gegenteil dachte.

In diesem Moment zog Merlin den Glasstöpsel aus der Flasche.

Sofort stieg tiefblauer Qualm aus dem Flaschenhals auf – eine dicke Wolke. Der beißende Rauch breitete sich in Windeseile aus.

Melanie hatte das Gefühl, keine Luft mehr zu bekommen. Ihre Augen brannten und sie fing an zu niesen. Den anderen erging es ähnlich, der Qualm reizte die Schleimhäute.

»Verflixt«, keuchte Magnus. »Was ist das für ein Trick? Merlin?« Er streckte die Hände nach dem Druiden aus, aber er griff ins Leere. »Wo bist du?«

Der dunkelblaue Rauch war nun so dicht, dass man nichts mehr sehen konnte.

»Dann macht's mal gut.« Merlin lachte. »Und vielen Dank für die Rückfahrt!«

Der Professor ahnte nichts Gutes. »Merlin, verdammt noch mal! Finger weg von der Zeitmaschine!«

Keine Antwort. Nur ein leises Zischen war zu hören – das Geräusch der Einstiegsluke.

»Haltet ihn auf!«, schrie Magnus voller Panik. Ein Hustenanfall schüttelte ihn. »Archie!« Er rang nach Atem.

Jemand packte ihn am Arm und zerrte ihn zur Seite. Magnus spürte wohltuende kühle Nachtluft. Der Druck auf die Lunge ließ nach. Benjamin hatte die Fenster geöffnet. Der beißende Rauch zog durch die Luken ab und allmählich konnte man wieder etwas sehen.

»Danke«, keuchte Magnus.

Melanie stieß einen Schrei aus. »Die Zeitmaschine ist weg! Und Merlin auch!«

»So ein Schuft!«, entfuhr es dem Professor.

Thomas war starr vor Schreck. Einige Sekunden lang war es völlig still im Raum.

»Was jetzt?«, fragte Benjamin.

»Wir sitzen fest«, sagte Magnus Ambrosius. »Merlin hat uns ausgetrickst!«

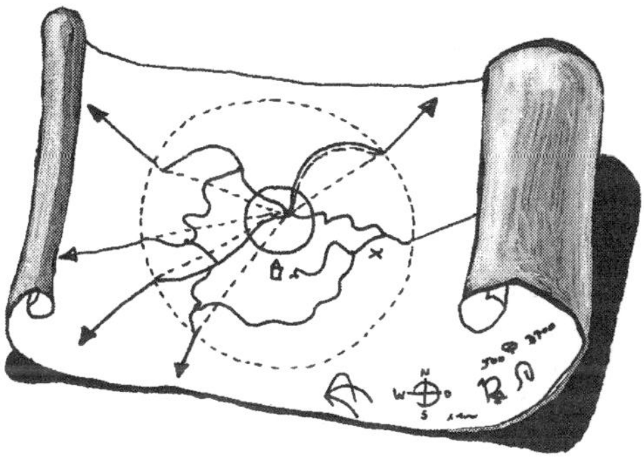

Geheime Pfade

Sie waren wie gelähmt. Ohne die Zeitmaschine gab es keine Möglichkeit, ins einundzwanzigste Jahrhundert zurückzukehren.

Magnus Ambrosius wanderte schweigend durch den Raum und betrachtete die merkwürdigen Apparaturen, die Merlin aufgebaut hatte.

Die anderen hockten auf einer Holzbank und versuchten, den Schock zu verkraften. Benjamin streichelte Major. »Armer Kerl«, murmelte er. »Und dabei warst du grad so verliebt in die Dackelin vom Pfarrer. Ich fürchte, deine Freundin kannst du dir jetzt abschminken.«

Melanie schnaubte. Majors Liebeskummer war wohl im Moment nicht gerade das allergrößte Problem! Sie zog ihr Handy hervor. Wie erwartet zeigte das Display kein Funknetz an.

»War ja klar«, murmelte sie. Sie drückte ein paar Tasten und las noch einmal die letzte gespeicherte SMS, die sie von ihrer Mutter aus Afrika bekommen hatte.

»Das war's dann, Mama«, sagte sie leise und Tränen stiegen ihr in die Augen.

Thomas legte tröstend den Arm um ihre Schultern.

»Spiel jetzt bloß nicht den Beschützer!«, fauchte sie ihn an. »Lass dir lieber was einfallen. Schließlich hast du ja auch ein neues Betriebssystem für Computer erfunden. Da ist es doch bestimmt ein Klacks für dich, uns hier rauszuholen.«

Thomas ließ den Arm sinken.

»Entschuldige«, sagte Melanie. »War nicht so gemeint. Meine Nerven sind gerade ziemlich im Eimer.«

»Ich hab eine Idee«, verkündete Magnus Ambrosius plötzlich. Alle sahen ihn hoffnungsvoll an. »Vielleicht klappt es.« Er zog einen schwarzen Gegenstand aus der Hosentasche und tippte darauf herum.

»Zwecklos, kein Funknetz«, sagte Melanie, die erst dachte, er hätte ebenfalls ein Handy in der Hand. Doch dann erkannte sie, dass es sich um eine Universal-Fernbedienung handelte, wie man sie in jedem Elektrogeschäft kaufen konnte.

»Damit kann ich die Zeitmaschine fernsteuern«, erklärte der Professor. »Zu Hause hat es jedenfalls ein paar Mal funktioniert. Vielleicht kann ich die Maschine ja zurückholen.«

Für eine Weile war das Klicken der Tasten das einzige Geräusch, das zu hören war. Die anderen wagten kaum zu atmen. Melanie merkte, wie sie die Hände verkrampfte. Es musste klappen!

Doch dann ließ Magnus die Fernbedienung sinken. »Es funktioniert nicht. Wahrscheinlich hat Merlin die Steuerung übernommen. So ein Mist.« Er hockte sich auf einen Schemel und stützte den Kopf in die Hände.

»Wie hat er das eigentlich mit dem Rauch gemacht?«, fragte Thomas.

»Mein Fachgebiet ist Physik und nicht Chemie«, antwortete der Professor. »Benjamins Mutter hätte sicher besser Auskunft geben können. Ich nehme an, dass es sich bei diesem Hexentrank um eine Flüssigkeit handelt, die schnell verdunstet und dabei mit dem Sauerstoff in der Luft reagiert.«

»Da sind noch mehr Flaschen«, stellte Melanie fest. Sie stand auf und besah sich die Regale. Ab und zu nahm sie eine Flasche herunter und betrachtete sie genauer.

»Sei bloß vorsichtig«, warnte Magnus sie. »Merlin hat bestimmt noch weitere Überraschungen auf Lager.«

Melanie hob den Deckel von einem Tonkrug. Getrocknete Kräuter. Sie schnupperte. Es roch würzig. Vielleicht ließ sich daraus Tee kochen. Sie stellte den Krug zurück.

»Es wird langsam hell«, sagte Thomas, der aus einem der Fenster blickte. Im Osten zeigte sich am Himmel ein heller Streifen.

Das Observatorium stand auf einer Waldlichtung. Melanie strengte ihre Augen an und versuchte die Schatten, die sich vor dem Gebäude bewegten, einzuordnen. »Da sind jede Menge Tiere, Schafe, Ziegen … und ein Pferd oder so … Nein, es ist ein Esel!«

»Vermutlich dieser Robert, von dem Merlin vorhin erzählt hat«, meinte Thomas.

Benjamin versuchte, eines der blauen Elmsfeuer auszupusten. Doch anstatt zu erlöschen, wurde die kleine Flamme zu einer grellen Stichflamme. Benjamin sprang erschrocken zurück.

»Habt ihr das gesehen? Ist ja lebensgefährlich! Fast hätte ich mir das Gesicht verbrannt.«

»Bleib lieber weg von dem Spuk!« Magnus musste daran denken, wie seine Schwester ums Leben gekommen war.

Nach einigen Sekunden schrumpfte die Flamme wieder und leuchtete so ruhig wie zuvor.

Thomas winkte die anderen an einen Tisch. »Seht euch das an.«

Melanie und Benjamin beugten sich über ein Pergament. Es zeigte ein Gewirr von übereinander liegenden und sich kreuzenden Wegen.

»Eine Sternkarte ist das nicht«, sagte Benjamin und tippte auf die Zeichnung. »Eher eine Wanderkarte. Aber alles scheint ziemlich durcheinander zu sein. An dieser Stelle stoßen gleich drei Wege aufeinander.«

»Hier oben ist Norden«, stellte Thomas fest. »Dann könnte der Kreis das Observatorium sein.«

»Zeigt mal her.« Magnus Ambrosius nahm das Pergament an sich. »Sieht wirklich wie eine Karte aus. Hm, seltsam … Wenn der Kreis das Observatorium darstellt, warum sieht man dann die vielen Wege nicht von den Fenstern aus? Draußen gibt es nur einen einzigen Pfad. Der Kreis hier wird aber von mindestens einem Dutzend gekreuzt.«

»Stimmt«, sagte Melanie. Als sie von der Karte hochblickte, sah sie, wie sich gerade ein Eselskopf durch eine Luke schob: zuerst ein weiches Maul, dann zwei sanfte Augen und eine struppige Mähne, schließlich zwei lange Ohren, die sich neugierig nach vorne drehten.

»Oh, wir scheinen Besuch zu kriegen. Hallo, Robert!«

Der Esel schaute sie ein wenig verwirrt an. Wahrscheinlich hatte er jemand anderen erwartet.

»Falls du Merlin suchst, dann hast du Pech gehabt«, sagte Benjamin. »Wir wissen auch nicht, wo dein Herr ist. Der hat uns nämlich ganz schön fies reingelegt.«

»Schade, dass der Esel nicht reden kann«, meinte Melanie. »Sonst könnte er uns vielleicht einen Hinweis geben, wo Merlin jetzt gerade ist …«

»Prof, könntest du ihm nicht eine von deinen Sprachpillen …«, begann Benjamin, aber Magnus winkte ab. Er hielt noch immer die Karte in der Hand.

»Seid mal einen Moment ruhig. Ich muss mich konzentrieren. Vielleicht … ja … möglicherweise … hm …«

Benjamin und Melanie wechselten einen Blick. Benjamin zuckte die Schultern.

»Das kenn ich«, flüsterte er. »Jetzt kommt gleich wieder ein Geistesblitz.«

»Jetzt ist mir einiges klar.« Professor Ambrosius legte das Pergament auf den Tisch und fuhr aufgeregt mit den Fingern die Linien entlang. »Es ist tatsächlich ein Wegweiser. Jeder Weg hat ein bestimmtes Ziel. Wie hier, seht!« Er deutete auf einen Ring aus Punkten.

»Ich dachte, das sind Fliegenkleckse«, sagte Benjamin.

»Aber die Wege liegen zum Teil direkt übereinander«, wandte Thomas ein. »Das ergibt keinen Sinn.«

»Doch«, widersprach Magnus. »Die Zeichnung ist zweidimensional – wie jede normale Straßenkarte. Nimmst du aber die dritte Dimension, also die Höhe, dazu – etwa, indem du zu den Straßen noch die Strecken der Flugzeuge einzeichnest – dann sieht die Sache schon anders aus. Und wenn man die vierte Dimension – die Zeit – einbezieht, dann habe ich hier einen genauen Plan von den Geheimwegen, auf denen sich Merlin durch die Zeit bewegen kann.«

»Uff«, stöhnte Benjamin. »Onkel Magnus, kannst du das bitte noch einmal langsam wiederholen, damit es auch ein Normalsterblicher kapiert?«

»Ich hab's begriffen«, behauptete Thomas und auch Melanie nickte.

»Wir wissen von Merlin, dass er sich auch ohne Maschine in der Zeit bewegen kann«, fuhr Magnus fort. »Allerdings nur begrenzt. Er muss sich an vorgegebene – bereits vorhandene oder künstlich von ihm geschaffene – Wege halten.«

»So was wie Zeitkanäle«, sagte Melanie.

»Genau«, bestätigte der Professor. »Und wenn ich mit meiner Vermutung Recht habe, dann muss hier im Observatorium der Zugang zu einigen dieser Kanäle sein.«

»Wow.« Benjamin war beeindruckt. »Du meinst, wir können uns von hier aus in die Vergangenheit und in die Zukunft bewegen?«

»Ja.« Magnus nickte. »Vorausgesetzt, wir finden die Türen.«

Benjamin blickte sich suchend um. »Vielleicht die Leiter hinauf? Vielleicht beginnt auf dem Dach ein Zeitkanal?«

»Halte ich nicht für besonders sinnvoll.« Magnus betrachtete noch einmal das Pergament. Dann ging er durch den Raum und heftete seinen Blick auf den Steinfußboden.

»Eine Falltür?«, fragte Thomas.

»Vielleicht.« Magnus blieb stehen und bückte sich. »Helft mir mal, diesen Riesentisch zur Seite zu rücken.«

Aber obwohl sie zu viert anpackten, gelang es ihnen nicht, den Tisch zu bewegen.

Benjamin stöhnte. »Der ist doch nur aus Holz und nicht aus Stein! Oder hat er Wurzeln?«

»Wurzeln«, rief Magnus begeistert. »Genau das ist es!«

Er ergriff mit beiden Händen die Tischplatte. »Los, noch mal. Aber nicht anheben, sondern im Uhrzeigersinn drehen!«

Der Tisch gab nach. Es knirschte im Fußboden und eine Steinplatte glitt zur Seite.

Aus dem Loch stiegen weiße Dunstschwaden auf.

»Da sind tatsächlich Stufen«, flüsterte Melanie. »Ein Zeitkanal!«

Das, was uns gerade passiert, ist einfach unglaublich! Und trotzdem ist jedes Wort wahr …

Der Prof hatte wirklich einen von Merlins Zeitkanälen gefunden. Wir standen erst eine Weile da, schauten auf das Loch und überlegten, ob wir da runtergehen sollten oder nicht. Es war so was von unheimlich! Besonders der Nebel, der aus dem Loch herauskam. Ich musste sofort an Friedhöfe denken und an Gräber und dann ist mir natürlich auch wieder Mama eingefallen, aber den Gedanken habe ich schnell verdrängt. Jetzt war es wichtiger, aus der Falle herauszukommen, die uns Merlin gestellt hatte! Irgendwann haben wir uns dann entschlossen doch runterzugehen. Eine Taschenlampe wäre jetzt Gold wert gewesen, aber meine lag noch in der Zeitmaschine, und die war fort. Onkel Magnus hat dann eines der Elmsfeuer genommen und damit geleuchtet.

»Pass bloß auf mit dem Ding«, habe ich ihn gewarnt.

Melanie hatte inzwischen rumgeschnüffelt und eine von Merlins Truhen aufgemacht. Darin lagen lauter weiße Kutten. Wir haben überlegt, ob wir sie vorsichtshalber mitnehmen sollen, denn wir hatten ja keine Ahnung, wo wir rauskommen würden. Vielleicht war da grad Winter! Und auf Frostbeulen und erfrorene Ohren war keiner von uns scharf.

Also schlüpften wir in diese weißen Mönchskutten. Schade, dass keiner ein Foto gemacht hat. Unser Mummenschanz wäre echt sehenswert gewesen!

Und dann sind wir runter in den Kanal, der Prof zuerst.

Stufe für Stufe ging's rein in den weißen Dunst. Ich habe gedacht, ich müsste ersticken. Man konnte höchstens fünfzig Zentimeter weit gucken. Jeder hat sich an der Kutte seines Vorgängers festgehalten, damit wir uns nicht verlieren.

Der Prof hat behauptet, bei dem Dunst würde es sich um Zeitnebel handeln. Na ja, ich weiß nicht …

Richtig schlimm wurde es, als die Stufen aufhörten und wir auf einer Art Watteschicht weitergingen. Wir sanken bei jedem Schritt total tief ein.

Melanie machte ihre Witze und sagte, sie wollte schon immer mal auf Wolken gehen. Bestimmt hat sie in Wirklichkeit genauso viel Schiss gehabt wie ich. Wir wussten ja nicht, worauf wir gehen und ob nicht plötzlich ein Loch kommt …

So liefen wir eine Weile. Mir kam es endlos vor, aber vielleicht waren es auch nur zehn Minuten. Plötzlich sagte der Prof: »Ich habe wieder festen Boden unter den Füßen. Fühlt sich an wie ein ziemlich steiniger Felsweg …«

Da waren wir auch schon am Ende des Zeitkanals und standen im Freien. Es war Nacht und alles stockfinster. Das Elmsfeuer in der Hand vom Prof leuchtete wie ein blauer Stern.

Hinter uns war ein Hügel – aber keiner konnte die Tür finden, aus der wir herausgekommen waren.

Jetzt hocken wir hier im Gras und überlegen, was wir als Nächstes tun sollen.

Wer wird König von Britannien?

Melanie sah die hagere Gestalt zuerst. »Da kommt jemand!«, rief sie und sprang auf.

Auch Benjamin war sofort auf den Beinen.

»Da bist du ja endlich, Merlin«, rief der Fremde mit dunkler Stimme. Er trug eine ähnliche Kutte wie sie und kam direkt auf sie zu. »Wir haben schon befürchtet, wir müssen das Samain-Fest diesmal ohne dich feiern. Die anderen Druiden warten bei den heiligen Steinen. Ich dachte, ich schau mal bei den Hügeln nach, wo du bleibst. Schön, dass du doch noch gekommen bist.«

Er blieb vor Magnus Ambrosius stehen und neigte leicht den Kopf. »Willkommen, großer Meister.«

»Das ist eine Verwechslung«, antwortete der Professor. »Ich bin nicht …«

»Immer bescheiden, natürlich«, fiel ihm der Fremde ins Wort und fasste ihn am Arm. Magnus ließ sich mitziehen. »Komm, Merlin, wir wollen keine Zeit verlieren. Die Nacht ist schon vorangeschritten und wir wollen noch vor Sonnenaufgang erfahren, wer der neue König von Britannien wird.«

»Der neue König?«, fragte Magnus verblüfft. »Was ist denn mit dem alten?«

»Ach Merlin, ich sag's ja immer – du solltest dich nicht so viel in der Anderswelt herumtreiben, darunter leidet das Gedächtnis und du bringst die Dinge durcheinander. Weißt du wirklich nicht mehr, was mit Uther Pendragon geschehen ist?«

Magnus Ambrosius beschloss kurzerhand, die Rolle weiterzuspielen. Vielleicht konnte er auf diese Weise herausfinden, wo sich Merlin normalerweise aufhielt. Möglicherweise bestand dann eine Chance, die Zeitmaschine zurückzubekommen …

»Ich weiß es nicht mehr so genau«, sagte er langsam. »Uther Pendragon ist tot, nehme ich an.«

»Er ist in der Siegesnacht in seinem Zelt vergiftet worden – von Spionen der Sachsen«, sagte der Fremde und sah Magnus verwundert von der Seite an. »Hast du das tatsächlich vergessen?«

»Es war mir einen Moment lang entfallen.«

»Du machst mir Sorgen, Merlin«, sagte der Fremde. »Kommt das öfter vor, dass du Dinge nicht mehr genau weißt? Du solltest dich etwas mehr um deine eigene Gesundheit kümmern. Du tust immer nur etwas für die anderen.«

»Ich weiß, ich arbeite zu viel«, antwortete Magnus. »Aber das wird besser werden, ich verspreche es.«

Der Fremde lachte. »Das hast du schon so oft versprochen. Nun komm aber, es ist höchste Zeit. Die Bevölkerung ist ungeduldig und die Barone sind es erst recht. Wir brauchen einen neuen König. Die Sachsen werden immer stärker. Wenn es so weitergeht, ist unser Land bald in Feindeshand.« Er wandte den Kopf und sah, dass ihnen Thomas, Melanie und Benjamin mit Major folgten.

»Hast du in diesem Jahr gleich drei Lehrlinge, Merlin?«

»Lehrlinge?«, wiederholte der Professor. »Ach so. Richtig, es sind drei.«

»Das beweist, wie bekannt und beliebt du bist«, sagte der Fremde. »Die anderen Druiden haben teilweise Probleme, überhaupt einen Lehrling zu bekommen.«

Die anderen hinter ihm lauschten gespannt. Sie hatten begriffen, dass der Professor Merlins Rolle spielte, und sie waren fest entschlossen mitzuspielen.

Melanie war so aufgeregt wie noch nie. Ein echtes Druidentreffen! »Samain – das ist Allerheiligen«, teilte sie Benjamin im Flüsterton mit. »Die Nacht zum ersten November. Es heißt, dass sich da die Toten und Lebenden begegnen …«

Benjamin zog fröstelnd die Schultern hoch. »Das glaube ich dir aufs Wort«, sagte er. »Nach allem, was uns heute schon passiert ist, wundert mich gar nichts mehr.«

Sie folgten dem Fremden, der einen schmalen Pfad entlangschritt. Links und rechts wuchsen spärliche Grasbüschel. Es war sehr kalt und Melanie zog ihren Umhang enger um sich. Wie gut, dass sie wenigstens die Kutten hatten! In ihrem kurzen Rock hätte sie bestimmt fürchterlich gefroren. Ein paar Schneeflocken fielen vom Himmel. Melanie hob den Kopf. Es war bewölkt, keine Sterne zu sehen. Auch der Mond hatte sich hinter den Wolken versteckt.

Nach einer Weile erreichten sie einen Platz, den Melanie von Fotos her kannte: Stonehenge.

Ein Kreis aus gewaltigen Steinen – wie von Riesenhand aufgestellt. Auf den Steinen lagen Platten, sodass die Felsblöcke große, offene Tore bildeten.

In der Mitte des Steinrings hatten sich mindestens fünfzig weiß gekleidete Männer versammelt – die Druiden. Sie standen in kleineren Gruppen zusammen und unterhielten sich aufgeregt. Als sie die Ankömmlinge entdeckten, riefen sie alle durcheinander.

»Ah, Merlin, endlich!«

»Wie gut, dass du doch noch kommst.«

»Hast du schon eine Ahnung, wer Uthers Nachfolger sein wird?«

Magnus Ambrosius hob abwehrend die Arme. Daraufhin gingen die Rufe in Geflüster und Zischeln über.

»Er weiß es auch noch nicht.«

»Merlin ist ratlos.«

»Das Orakel hat noch nicht zu ihm gesprochen.«

»Genug Geschwätz«, sagte da einer der Druiden, löste sich aus der Menge und trat auf die Ankömmlinge zu. »Sobald der Mond hervorkommt, werden wir die Vorzeichen befragen. Das Volk will endlich wissen, wer der neue König wird. Und da Uther keinen Nachfolger ernannt hat, ist es unsere Aufgabe herauszufinden, wer dazu bestimmt ist. Hoffentlich gibt uns der Himmel ein deutliches Zeichen.«

»Hoffentlich kommt der Mond überhaupt hervor«, murmelte ein anderer Druide und sah skeptisch zum Himmel.

»Jetzt ist ja Merlin da«, sagte ein dritter.

Genau in diesem Moment kam der Mond hinter einer Wolke hervor. Groß und kreisrund stand er am Himmel. Ein Raunen ging durch die Menge.

»Reiner Zufall«, meinte Benjamin und zuckte die Achseln.

»Aber sehr wirkungsvoll«, fand Melanie. »Der echte Merlin hätte das bestimmt nicht besser hingekriegt.«

»Können wir jetzt endlich anfangen?«, drängte ein kleiner Druide.

»Einen Moment noch.« Der Druide, der zuvor gesprochen hatte, trat auf Magnus zu. »Warum hast du dieses Elmsfeuer bei dir? Es ist doch Brauch, dass am Vorabend des Samain-Festes alle Feuer gelöscht werden – als Zeichen dafür, dass das Jahr tot ist. Warum hältst du dich nicht daran?«

Magnus wusste nicht, was er antworten sollte. Er konnte schlecht sagen, dass er sich mit den Bräuchen gar nicht auskannte.

»Oh ... das Elmsfeuer soll mir leuchten«, sagte er ausweichend.

»Du meinst, dass davon dein Geist erleuchtet werden soll?«, fragte der Druide nach. Die anderen waren beeindruckt. Wieder fing die Menge an zu flüstern.

»Merlin behauptet, die Flamme würde ihm verraten, wer der neue König von Britannien wird.«

»Er kennt schon den neuen König.«

»Merlin weiß längst Bescheid. Er hat das zweite Gesicht.«

»Wie macht er das nur?«

Endlich kehrte Ruhe ein. Die Druiden bildeten einen Kreis. Melanie, Thomas, Benjamin und Magnus reihten sich ein. Der Druide, der schon öfter das Wort ergriffen hatte, trat in die Mitte und verkündete:

»Aus vielen Teilen Britanniens sind wir Druiden heute zusammengekommen, um an diesem heiligen Ort die Götter zu befragen, wer zum neuen König bestimmt ist.«

Auf sein Zeichen hin zogen alle Druiden kleine Stäbe aus ihren Gewändern.

»Was passiert jetzt?«, wisperte Benjamin.

»Keine Ahnung«, flüsterte Thomas. Insgeheim wünschte er sich, zu Hause am Computer zu sitzen und in Ruhe zu programmieren. Das war weniger nervenaufreibend als das, was jetzt gerade geschah.

»Runen«, rief Melanie aufgeregt. »Es sind Runen. Meine Freundin befragt auch manchmal das Orakel und dann wirft sie solche Stäbchen.«

»So ein Quatsch«, meinte Thomas nüchtern.

»Kommt drauf an, ob man daran glaubt«, erwiderte Melanie.

»Willst du denn nicht mitmachen, Merlin?«, erkundigte sich der Druide, der neben dem Professor stand.

»Äh … ich habe meine Stäbchen leider zu Hause vergessen.« Magnus fragte sich, wann seine Lügen wohl auffliegen würden. Wann würden die Druiden merken, dass er gar nicht Merlin war? Und was würde dann passieren?

»Schade«, sagte der Druide. »Dein Wurf wäre natürlich besonders wichtig gewesen.«

Die Druiden warfen ihre Runen. Es klapperte hundertfach, als die Stäbe auf dem Boden aufschlugen. Gleich darauf krochen die Druiden auf den Knien hinterher, um zu sehen, wie die Stäbe gefallen waren.

»Meine Runen ergeben nicht den geringsten Sinn!«, klagte ein Druide. »Ob ich sie mit der falschen Hand geworfen habe?«

»Ich habe mich beim Werfen nicht konzentriert«, gestand ein anderer. »Kein Wunder, dass meine Runen nichts aussagen.«

»Meine verraten auch nichts.«

»Meine auch nicht.«

»Meine sagen nur, dass man abwarten soll.«

Überall das Gleiche: Keiner der Druiden war mit seinem Runen-Orakel zufrieden.

»Das ist ja wie verhext«, regte sich ein Druide auf. »So schlecht waren wir seit Jahren nicht. Was sollen wir denn den Leuten erzählen?«

Sie murmelten ärgerlich durcheinander.

»Erzählt ihnen doch einfach die Wahrheit«, schaltete sich Magnus ein. »Sagt ihnen, dass die Götter heute Nacht geschwiegen haben.«

Alle Augen richteten sich auf ihn.

»Dein Onkel ist ein verdammt guter Schauspieler«, flüsterte Melanie Benjamin zu.

Benjamin nickte. »Ist er wirklich. Besser als der echte Merlin.«

»Merlin, gib es zu: Du hast gewusst, dass die Götter heute schweigen werden«, behauptete ein Druide.

Magnus zuckte die Achseln und machte ein geheimnisvolles Gesicht.

»Dann stimmt es also doch, was man sich erzählt?«, fragte ein anderer Druide. »Dass Merlin schon alle Barone und Ritter nach London eingeladen hat? Wird der Himmel dort an Weihnachten tatsächlich ein Zeichen geben?«

»Ist das wahr?«, fragte ein riesiger Druide und legte eine seiner schweren Pranken auf Professor Ambrosius' Schulter.

Magnus fühlte sich unbehaglich. »Schon möglich, dass der Himmel ein Zeichen geben wird«, sagte er nervös. »Du wirst es am Weihnachtstag merken.« Er blickte auf die Hand mit den dicken Wurstfingern.

»Entschuldige.« Der Riese zog seine Pranke zurück. »Du weißt ja, ich lebe ganz einsam im Norden und da lassen meine Manieren manchmal zu wünschen übrig. Ich denke schon lange daran, mir einen Lehrling zu nehmen, damit ich nicht mehr so allein bin. Aber es ist schwierig, einen geeigneten Jüngling zu finden. Die meisten haben nur Turniere und Wettspiele im Kopf. Wer interessiert sich schon für unser geheimes Wissen? Aber was rede ich da, du hast keine solchen Probleme. Man reißt sich um dich. Du hast gleich drei Lehrlinge! Kein Wunder, du bist ja auch der berühmteste und weiseste Magier weit und breit.«

»Danke«, sagte Magnus.

»Kannst du mir nicht einen von deinen Lehrlingen abtreten?«, fragte der Riese. »Den da vielleicht?« Sein Zeigefinger bohrte sich in Melanies Brust.

»Pfoten weg«, fauchte Melanie empört und machte einen Schritt nach hinten.

»Der Kleine ist aber empfindlich«, stellte der Riese fest.

»Es tut mir Leid, aber ich kann keinen meiner Lehrlinge an dich abgeben«, sagte Magnus schnell. »Ich brauche sie alle.«

»Schade«, erwiderte der Riese und das Bedauern in seiner Stimme klang echt. »Dann muss ich mich eben weiter umsehen. Vielleicht finde ich im Verlauf des Fests einen geeigneten Jüngling. Kommst du nachher auch mit ins Dorf, Merlin?«

»Gibt es dort etwas zu essen und zu trinken?«

»Natürlich.«

»Gut«, sagte der Professor. »Dann kommen wir mit.«

Zuerst habe ich gedacht, ich spinne, als der Prof die Einladung angenommen hat. War aber gar nicht so dumm von ihm. Was hätten wir denn sonst machen sollen? Zeitmaschine geklaut, Zeitkanal weg … Wir waren völlig auf uns selbst gestellt. Außerdem war es saukalt und uns hing der Magen allmählich bis zu den Knien. (Die Frühlingsrollen liegen ja noch immer ungegessen bei uns zu Hause in der Küche!)

»Also gut, lasst uns ins Dorf gehen«, habe ich gesagt. »Vielleicht gibt's hier ja irgendwo Pommes …«

Der Prof hat mich erst einmal belehrt, dass ich mir keine Hoffnungen auf Pommes zu machen brauche. Bekanntlich werden Pommes aus Kartoffeln hergestellt, aber in ganz Britannien gibt es keine einzige Kartoffel. (Unvorstellbar! Wie können die Leute bloß ohne Pommes leben?) Die Kartoffel wird erst in ungefähr einem Jahrtausend von Christoph Kolumbus von Amerika nach Europa gebracht.

Ich bin noch genau derselbe wie vorher und trotzdem ist um mich herum alles anders. Ich bin daran gewöhnt, dass man nur auf einen Schalter zu drücken braucht und dann geht das Licht an. Oder man dreht einen Knopf und kann auf dem Herd kochen. Von wegen. Hier ist alles viel komplizierter!

Auf dem Weg ins Dorf hätten wir uns fast den Knöchel verknackst, weil es so finster war. Dann ist ein Typ gekommen und hat den Prof persönlich – natürlich hielt er ihn wieder für Merlin – an die Tafel eines gewissen Sir George gebeten. Keine Schultafel, sondern eine Fress- und Sauf-Tafel!

Ich hatte vorher noch nie Wildschwein gegessen. Neben dem langen Tisch waren Feuerstellen und an Spießen wurde der Braten gedreht. Es roch so lecker, dass ich fast ohnmächtig wurde.

»Die armen Tiere«, hat Melanie nur gesagt und kein Bratenstück angerührt. Sie isst ja kein Fleisch. Deswegen hat sie sich an Brot und Erbsen und Käse gehalten. Überhaupt hat sie sich anfangs etwas ange-

stellt, weil es kein richtiges Besteck gab und wir mit den Fingern essen mussten und aus gemeinsamen Schüsseln … (Mein Lehrer wäre umgefallen, wenn er unsere Tischmanieren gesehen hätte!)

Major war jedenfalls begeistert. Kann ich verstehen, meistens kriegt er ja nur Hundefutter aus der Dose … Ich glaube, es gefällt ihm hier.

Und dem Prof auch. Er war der Ehrengast dieses Sir George (Der hatte vielleicht einen Schnauzbart! Wie da die Speisereste hängen geblieben sind!) und saß an dessen Seite. Ich glaube, es hat ihm geschmeichelt, dass er so respektvoll behandelt wurde. Immer wieder hat er sich Wein nachschenken lassen und je betrunkener er wurde, desto besser hat er die Rolle von Merlin gespielt.

Sir George: »Stimmt es, Merlin, dass du durch die Zeiten wandern kannst?«

Onkel Magnus alias Merlin: »Im Prinzip schon.«

Sir George: »Man sagt, dass du immer dort auftauchen kannst, wo du willst.«

Magnus: »So, sagt man das? Dann wird es auch stimmen.«

Sir George: »Wie machst du das?«

Magnus: »Das ist mein Berufsgeheimnis.«

Und dann ist dieser Kevin aufgetaucht. Ein schmächtiges Kerlchen mit knallroten Haaren und einer Million Sommersprossen. Eine Nervensäge! Der hat echt von nichts anderem geredet als von Ritterturnieren und Wettkämpfen und dass er unbedingt nach London will, das sei sein größter Wunsch.

Und weil Kevin der Sohn von Sir George ist, hat Sir George den Prof gefragt, ob er ihn nicht nach London mitnehmen könnte. Weil Merlin ja den Baronen und Rittern dieses Weihnachtswunder versprochen hat.

Und der Prof hat ja gesagt!

Ich hab gedacht, ich hör nicht richtig. Das ist doch total bescheuert. Was sollen wir denn in London? (Big Ben ist noch gar nicht gebaut und das Wachsfigurenkabinett gibt es auch noch nicht!)

Aber Onkel Magnus will die Reise tatsächlich machen. Selbst jetzt noch, nachdem sein gewaltiger Rausch etwas abgeklungen ist. (Er hat von der Sauferei einen riesigen Kater, aber den gönn ich ihm!)

Onkel Magnus hat erklärt, dass er hofft, in London den richtigen Merlin zu treffen. Und deswegen müssen wir hin, logisch.

Was mir am meisten stinkt, ist, dass uns dieser Kevin die ganze Zeit begleiten wird. Aber auch das hat seine Vorteile. Ohne Kevins großzügigen Vater hätten wir den weiten Weg zu Fuß machen müssen. So aber leiht uns Papi Sir George Maultiere und Pferde und gibt uns auch Geld, damit wir unterwegs nicht hungern müssen.

Richtig nett von Sir George.

Na, er ist jedenfalls fein raus, denn er ist die rothaarige Nervensäge eine Zeit lang los!

Auf nach London!

Drei Maultiere, zwei Pferde, warme Kleidung, Geld für Proviant und Unterkunft und viele gute Wünsche – damit stattete Sir George die kleine Reisegruppe aus.

Er umarmte seinen Sohn und drückte ihn so fest, dass Kevin nach Luft schnappte.

»Mach's gut, mein Junge. Viel Glück in London. Pass gut auf dich auf, ja?« Tränen standen in Sir Georges Augen, als er Kevin endlich losließ.

Kevin war der rührselige Abschied sichtlich peinlich. »Schon gut, Papa.«

»Merlin, du achtest auf den Jungen?«, wandte sich Sir George an den Professor.

»Natürlich, Sir George«, antwortete Magnus. »Ich habe es ja versprochen.«

Magnus Ambrosius fühlte sich sehr schlecht. Bei fast jeder Bewegung schmerzte sein Rücken. Er war es nicht gewohnt, auf einem Strohsack zu schlafen. Zunge und Gaumen fühlten sich noch pelzig an von dem Wein, dessen Wirkung er offenbar unterschätzt hatte.

Weder sein Neffe noch Thomas und Melanie waren begeistert davon gewesen, als sie von der Reise nach London erfahren hatten.

Melanie war sogar richtig ausgerastet.

»Ich hab das Spiel satt«, hatte sie ihn angeblafft. »Das war nicht abgemacht. Wir sollten drei Wochen am Albert-Einstein-Institut verbringen. Aber stattdessen hängen wir hier in albernen mittelalterlichen Kostümen rum und Sie geben sich als Hexer aus! Und dann noch die verdammten Erbsen, von denen ich Bauchweh habe! Ich will nach Hause!«

»Melanie, du verkennst die Lage«, hatte Magnus geantwortet. »Das ist kein Spiel.«

Da war Melanie in Tränen ausgebrochen. Und Magnus war ratlos daneben gestanden. Wenn Frauen weinten, fühlte er sich immer hilflos. Er wusste nicht, ob er trösten, gut zureden oder einfach nur abwarten sollte. Es war ihm schon oft passiert, dass er Lösungsvorschläge gemacht hatte und dann nur angefaucht worden war.

Doch jetzt wusste er ja nicht einmal einen Ausweg. Er hatte keine Ahnung, wie sie die Zeitmaschine zurückbekommen sollten. Die einzige Chance bestand darin, nach London zu reisen und zu hoffen, dass dort am Weihnachtstag der echte Merlin den Baronen und Rittern ein Zeichen gab.

Eine andere Möglichkeit, ins einundzwanzigste Jahrhundert zurückzukehren, gab es nicht. Magnus hatte ein schlechtes Gewissen. Warum hatte er die anderen nur in dieses Abenteuer mit hineingezerrt? Er trug die Verantwortung für sie und musste alles daran setzen, eine Rückkehr möglich zu machen.

Wenn er allein gewesen wäre, dann hätte er sich vielleicht damit abfinden können, hier zu bleiben. Irgendwann hätte er bestimmt auch eine Frau getroffen, die ihm gefiel … Aber so! Benjamin, Melanie und Thomas waren noch jung, er hatte kein Recht, so in ihr Leben einzugreifen und ihnen alle Zukunftschancen zu verbauen.

»Es gibt keinen anderen Weg«, hatte er deswegen gesagt. »Wir müssen nach London, auch wenn die Reise für uns sehr anstrengend wird. Was für ein Glück, dass wir Sir George getroffen haben, der uns die Reiseausrüstung spendiert.«

»Aber dafür haben wir diesen Kevin am Hals«, hatte Benjamin gemurrt. Er machte ebenfalls einen ziemlich genervten Eindruck. Am lockersten ging Thomas mit der Situation um. Und natürlich machte auch Major keine Probleme.

Den ersten Tag verbrachten sie fast ständig im Sattel. Magnus und Kevin ritten auf den beiden Pferden, die anderen saßen auf den Maultieren.

»Jetzt zahlt sich wenigstens der Abenteuerurlaub letztes Jahr in Marokko aus«, meinte der Professor. »Da hab ich reiten gelernt.«

»Marokko?«, fragte Kevin gleich nach.

Magnus seufzte. Der rothaarige Kerl war wirklich sehr hellhörig. Man musste aufpassen, was man sagte, damit der ganze Schwindel nicht irgendwann aufflog.

Kevin plapperte unentwegt und stellte pausenlos Fragen.

»Könntest du mich eigentlich in eine Kröte verwandeln, wenn du wolltest, Merlin?«

»Das übersteigt meine Fähigkeiten«, antwortete Magnus wahrheitsgemäß und hätte fast ein »leider« hinzugefügt.

»Stimmt es, dass du dich in der Zeit bewegen kannst?«

»Hm …«

»Und, wie ist das? Ich meine, wenn du gerade gegessen hast und dich in der Zeit um zwei Wochen nach vorne bewegst? Du müsstest doch tot sein, wenn du zwei Wochen lang nichts isst …«

»Die Sättigung hält an«, sagte Magnus nach kurzer Überlegung. »Es ist so, als würden die zwei Wochen für mich nicht stattfinden.«

»Und wie ist es dann mit Krankheiten?«, hakte Kevin gleich nach. »Nimmst du auch einen Schnupfen mit? Und gebrochene Knochen?«

»Hm … vermutlich …«

»Aber wenn du rückwärts reist«, sagte Kevin »Dann hast du den Schnupfen doch noch gar nicht gekriegt und niemand hat dir die Knochen zerschlagen …«

»Hör mal …«

»Wenn du an eine Stelle reist, wo du schon mal warst, begegnest du dir dann selbst? Kannst du dich verdoppeln? Gibt es dich zwei- oder dreimal?«

Magnus stöhnte. Aber noch bevor er antworten konnte, stellte Kevin schon die nächste Frage.

»Und wie ist das mit dem Schlafen? Machen Zeitwanderungen müde oder brauchst du vielleicht gar nicht mehr zu schlafen?«

Magnus dachte an die Flugreisen, die er gemacht hatte, und an die Jetlags, die er immer aufgrund der Zeitverschiebungen gespürt hatte.

»Natürlich gibt es auch Timelags, Kevin, dann fühlst du dich völlig erschöpft und möchtest nur schlafen …«

»Timelags … Den Ausdruck hab ich noch nie gehört.« Kevin nagte an seiner Unterlippe und dachte nach. Magnus atmete auf. Endlich eine Verschnaufpause!

Sie ritten durch neblige Felder. Links und rechts standen kahle

Bäume. Triste Novemberstimmung lag über der Landschaft. Es war kalt, aber wenigstens regnete es nicht.

Beim Absteigen sackten ihnen beinahe die Beine weg. Sie waren das Reiten einfach nicht gewohnt.

»Ich hab das Gefühl, ich falle gleich in der Mitte auseinander«, beschwerte sich Benjamin. Jeder Schritt tat weh. Im Watschelgang ließen sich die Schmerzen und der Muskelkater noch am besten ertragen. »Ich glaube, ich kann nie wieder sitzen …«

Kevin war der Einzige, der nicht klagte.

Sie hatten in einem kleinen Städtchen Halt gemacht, weil ihnen der Magen knurrte. Benjamin, Thomas, Melanie und Magnus wunderten sich, als sie entdeckten, dass es in der Stadt tatsächlich so etwas wie altertümliche Imbissstände gab.

»Fast wie bei uns«, sagte Benjamin und blieb bei einem Karren stehen, an dem Pasteten verkauft wurden. »Hm, wie lecker das riecht!« Ihm lief das Wasser im Mund zusammen.

»Ist da Fleisch drin?«, fragte Melanie. »Dann ess ich nichts.«

»Du isst überhaupt kein Fleisch?«, fragte Kevin erstaunt.

»Nein, ich esse nichts, was mal Augen gehabt hat«, sagte Melanie. »Ich finde es furchtbar, wenn man Tiere schlachtet, nur um sie aufzuessen.«

»Und Fische?«

»Auch keinen Fisch.«

»Und was isst du dann?«

»Am liebsten Kartof-… eben andere Sachen.«

Der Professor reckte den Hals. »Die Pasteten sehen ja lecker aus.«

»Man muss nur aufpassen«, sagte Kevin eifrig. »Manchmal werden Innereien und Schlachtabfälle verwendet, die schon verdorben sind. Bei uns gab es mal einen Fleischer, da sind die Leute ständig krank geworden. Zwei sind sogar gestorben. Dann hat man den Fleischer endlich aus dem Dorf gejagt.«

»Das fehlte uns noch, dass wir hier eine Lebensmittelvergiftung bekommen«, meinte Magnus. Er war hin- und hergerissen zwischen dem Wunsch, etwas zu kaufen, und der Angst, verdorbene Ware angedreht zu bekommen.

»Der lange Tom ist in Ordnung«, mischte sich ein älterer Mann ein, der das Gespräch mit angehört hatte. »Der verkauft nur gute Pasteten. Nicht wahr?«

Der Verkäufer hinter dem Karren nickte und gestikulierte heftig. Sagen konnte er nichts, weil er stumm war.

»Also gut. Dann vier große Pasteten«, sagte Kevin und warf Melanie einen Blick zu. »Und für dich eine ohne Füllung.«

Sie mussten ein bisschen warten, bis die Pasteten im Ofen fertig gebacken waren. Der Duft machte ihren Hunger noch größer. Major bekam inzwischen ein paar kalt gewordene Reste.

Benjamin verbrannte sich fast die Finger, als er endlich seine Pastete in der Hand hielt.

»Oh! Hm … ganz schön heiß … aber echt lecker … fast wie ein Hotdog …«

»Wie ein was?«, fragte Kevin mit vollem Mund.

»Ach nichts, vergiss es.«

Gestärkt von dieser Mahlzeit bestiegen sie etwas später wieder ihre Reittiere. Sie wollten noch ein Stück Weg hinter sich bringen, bevor sie sich für die Nacht eine Unterkunft suchten.

»Ich kann nicht mehr sitzen«, beschwerte sich Melanie, die zusammen mit Thomas ein Stück hinter den anderen herritt. »Mir tut alles weh! Ich möchte ein weiches Bett und eine heiße Dusche … Das wünsche ich mir mehr als alles andere!«

»Ich weiß nicht, ob unser Hotel heute Abend so komfortabel ist«, sagte Thomas. »Telefon und Kabelfernsehen werden wir jedenfalls auf keinen Fall haben.«

»Witzbold«, knurrte Melanie ungnädig und ritt schneller, um die anderen einzuholen.

Es ist die Hölle! Diese Herberge ist echt das Letzte!

Warum hab ich kein Zelt und keinen Daunenschlafsack wie im vorigen Jahr, als ich mit meiner Klasse die Kanutour gemacht habe? Im Zelt ging's mir tausendmal besser!

Hier gibt es Flöhe. Nicht nur einen oder zwei, sondern Massen. Milliarden! Mich juckt es schon überall. Aber je mehr man kratzt, desto schlimmer wird es. (Doch ohne zu kratzen ist es nicht auszuhalten!)

Onkel Magnus meinte, dass ich vielleicht allergisch auf Stroh reagiere. Er würde jedenfalls keine Flöhe bemerken.

»Kein Wunder, die sind alle bei mir«, hab ich gesagt. »Die lieben eben junges Blut.«

Der Prof hat geseufzt und es sehr bedauert, dass er mir nicht mehr Luxus bieten kann.

Luxus? Wer verlangt denn LUXUS?

Vom Klo will ich gar nicht reden! Ein Brett im Freien und als Klopapier eine Hand voll Heu …

Richtig waschen konnten wir uns auch nicht. Das Wasser in den Krügen war so kalt, dass sich darauf schon eine Eisschicht gebildet hatte. Ich glaube auch, dass ich inzwischen nicht mehr gut rieche. Wir stinken alle – aber die anderen noch mehr! Ob die Leute hier keine so empfindlichen Nasen haben? Oder stumpft man mit der Zeit ab? Der Geruch ist manchmal so übel, dass ich fast kotzen muss …

Die arme Melanie leidet besonders.

Als sie sich gewaschen hat, hat Kevin entdeckt, dass sie einen Busen hat.

»Das ist ja ein Mädchen!«, hat er gerufen.

Melanie hat ihn gleich angefaucht. »Blöder Spanner!« Sie hat sich riesig geärgert, dass er sie beobachtet hat.

Kevin konnte es gar nicht fassen.

»Seit wann können Mädchen Druiden werden?«, hat er den Prof gefragt. »Ist sie wirklich dein Lehrling, Merlin?«

»Was denn sonst?«, hat Onkel Magnus geantwortet.

Kevin hat nur die Schultern gezuckt. Wahrscheinlich hat er gedacht, dass Melanie Merlins junge Freundin ist.

»Natürlich ist sie mein Lehrling«, hat der Prof gesagt. »Sie hat nämlich heilende Hände …«

»Echt?« Kevin wollte gleich, dass ihm Melanie die Warze am Knie wegmacht. Doch damit ist er bei ihr nicht gelandet. Sie hat ihm zuerst einen Vogel, dann den Mittelfinger gezeigt und schließlich hat sie ihm gedroht, dass sie ihn in einen Auerhahn verwandelt, wenn er sie nicht in Ruhe lässt. Das Letzte hat gewirkt. Seitdem hält Kevin Abstand …

Heute ist unser vierter Reisetag und ich glaube, bevor wir London erreichen, sind wir alle tot. Entweder erfroren oder von Wegelagerern umgebracht. Hier gibt's vielleicht finstere Gestalten! Ich habe mich noch nie so gegruselt wie in den letzten Tagen. Jeden Morgen, wenn ich aufwache (vorausgesetzt, ich konnte wegen der elenden Juckerei überhaupt ein Auge zutun), wundere ich mich, dass ich noch lebe. Es wäre total leicht, uns nachts eins über den Schädel zu hauen.

Gestern haben wir im Graben einen Toten gesehen. Er lag da bestimmt schon ein halbes Jahr oder so. Vielleicht haben ihm Räuber sein Pferd abgenommen und dann ist er umgebracht worden …

Melanie meinte, ich hätte eine schlimme Fantasie …

»Können wir in einer fremden Zeit sterben?«, habe ich den Prof gefragt. »Denn wir sind ja eigentlich noch gar nicht geboren.«

»Das ist eine interessante Frage«, hat Onkel Magnus geantwortet. »Ich weiß es wirklich nicht. Aber ich würde es nicht darauf ankommen lassen …«

Lass ich ja auch nicht. Heute Nacht schlafen wir übrigens in einem Kloster. Aber wer sagt, dass da keine Mörder herumlaufen?

Kevins Pferd hat heute ein Hufeisen verloren und wir mussten uns einen Schmied suchen. Das Pferd reagierte total panisch, als es beschlagen werden sollte! Kevin ist gar nicht mit ihm fertig geworden. Aber Melanie ist es schließlich gelungen, das Pferd zu beruhigen. Sie kann unheimlich gut mit Tieren umgehen. Kein Wunder, bei den Eltern!

Kevin hat jedenfalls großen Respekt vor Melanie. Er denkt wahrscheinlich tatsächlich, sie hätte Zauberhände.

Allein auf meiner linken Wade sind siebenundzwanzig Flohstiche! Ich werde noch wahnsinnig!

London! Wir haben es geschafft und unser Ziel erreicht. Lebend. Ich glaube, es hat sich keiner getraut uns umzubringen, weil sich der Prof überall für Merlin ausgegeben hat. Das hat den Mördern wahrscheinlich Angst gemacht.

Kevin kennt übrigens inzwischen die Wahrheit. Irgendwann in den letzten Tagen haben wir ihm alles erzählt. Wir hatten einfach keine Lust mehr, ständig vor ihm Theater zu spielen. Kevin hat natürlich große Augen gemacht. Ich glaube, er war ziemlich geschockt, als er erfahren hat, dass Merlin gar nicht Merlin ist. Und dass wir aus der Zukunft kommen …

Ich habe schon befürchtet, er schnappt sich heimlich sein Pferd und reitet zu seinem Vater zurück, weil er mit uns nichts mehr zu tun haben will.

Aber Kevin ist geblieben. Klar, er will ja die Ritterturniere erleben, das Lanzenstechen und den ganzen Rummel …

London sieht ganz anders aus als in den Reiseprospekten. Wenn das mein Englischlehrer alles sehen könnte! Es gibt keine Queen, keinen Buckingham-Palast und keinen Linksverkehr! Nur die Themse gibt's schon, sie ist ein schmutziger Fluss, der langsam zufriert.

Von meinem Fenster aus kann ich den Fluss sehen. Wir haben ein billiges Quartier gefunden und eine alte Frau versorgt uns. Ab und zu ist sie ein bisschen komisch im Kopf und behauptet, in den Vollmondnächten würde es spuken. Dann käme ihr Mann als Geist zurück. Der ist nämlich eines Tages mit einem Fischerboot rausgefahren und nie wieder zurückgekehrt …

Aber sonst ist die Alte ganz in Ordnung.

Bis Weihnachten müssen wir noch warten und die Zeit totschlagen. Um die Langeweile zu vertreiben, erfinden wir alle möglichen Spiele. Besonders gern stellen wir uns gegenseitig kniffelige Fragen wie bei irgendwelchen Quizshows im Fernsehen. In der Fantasie können wir dabei immer die tollsten Dinge gewinnen. Melanie ist ziemlich gut und hat schon eine Villa in der Karibik und einen knallroten Porsche ge-

wonnen. Mir gehört ein Mountainbike. Bei der Frage, bei der es um einen Super-Laptop ging, bin ich leider gescheitert …

Kevin hockt daneben und versteht meistens kein Wort. Er schnitzt Holzlöffel, jeden Tag einen. Die letzten sind schon viel besser, sie sehen tatsächlich wie Löffel aus …

Zu Hause würde es um diese Jahreszeit Lebkuchen und Lichterketten geben, es würde auf den Weihnachtsmärkten nach Glühwein und Zimt duften und in allen Schaufenstern würden Christbäume und Weihnachtsmänner stehen …

Hier ist es nur kalt. Ab und zu schneit es. Wir könnten auf der Themse Schlittschuh laufen, aber ich weiß nicht, ob Schlittschuhe überhaupt schon erfunden sind …

Wir haben Kevin erzählt, wie wir zu Hause Weihnachten feiern. Solche Bräuche kennt er gar nicht.

Komisch, anfangs konnte er seinen Mund nicht halten und jetzt sagt er fast gar nichts mehr. Hört uns nur noch zu …

Das Schwert im Stein

In allen Teilen des Landes hatten die Barone und Ritter von Merlins Ankündigung gehört. Sie kamen nach London, um mit eigenen Augen das Zeichen zu sehen, das der Druide für den Weihnachtstag versprochen hatte.

Die Stadt füllte sich mit Rittern und ihren Knappen, mit Baronen und ihrem Gefolge. So viele prächtige Pferde und bunte Banner hatte man lange nicht gesehen! Auf den Straßen und Plätzen zeigten Gaukler ihre Kunststücke, Seiltänzer balancierten in gefährlicher Höhe von einem Haus zum anderen und Narren rissen Witze über den alten und den mutmaßlichen neuen König.

»Es kommen jeden Tag mehr Leute«, stellte Magnus Ambrosius fest. »Die Stadt platzt schon aus allen Nähten!«

Je näher Weihnachten rückte, desto nervöser wurde er. Wenn sein Plan nun nicht aufging, was dann? Wenn Merlin sich nicht blicken ließ und das ganze Gerede von dem Zeichen nur ein Gerücht war – wie sollte er sich vor den anderen rechtfertigen? Diese Angst verfolgte ihn sogar im Schlaf und dann wachte er mitten in der Nacht schweißnass auf.

Mehrmals hatte er schon probiert, mittels seiner Fernbedienung die Zeitmaschine herbeizuholen. Vielleicht passte Merlin ja einen Moment lang nicht auf und bemerkte die Kursänderung nicht.

Einmal hätte es um ein Haar geklappt. Magnus Ambrosius war mit Benjamin, Thomas, Melanie und Kevin an der zugefrorenen Themse entlangspaziert. Er ließ sich auf einem Pfeiler nieder, an dem sonst die Schiffe festmachten, zog die Fernbedienung aus dem Gewand und gab konzentriert eine Zahlenkombination ein.

Als vor ihm die Luft zu flimmern begann, wurde er vor Spannung ganz kribbelig. Er musste es schaffen, die Zeitmaschine zu halten, bis sie sich vollständig materialisierte! Auch Melanie sah die Umrisse der Maschine. Sie stieß Thomas aufgeregt in die Seite. Ein paar Sekunden lang schwebte die Zeitmaschine über dem Eis, zum Greifen nah. Doch dann lösten sich die Umrisse wieder auf und sie verschwand.

Die Enttäuschung war groß.

»Fast hätten wir sie gehabt.« Magnus seufzte. »Verdammt!«

Doch das Erlebnis hatte ihnen auch wieder Mut gemacht und neue Hoffnung gegeben. Magnus war entschlossen, es auf eine Auseinandersetzung mit Merlin ankommen zu lassen. Der Druide brauchte nicht zu denken, dass er die Zeitmaschine für immer behalten konnte!

Der Weihnachtstag kam und in der Stadt wimmelte es vor Neugierigen, die alle auf Merlins Zeichen warteten.

Schon in aller Frühe verbreitete sich die Nachricht wie ein Lauffeuer: Auf dem Kirchplatz war ein großer Stein aufgetaucht, in dem ein Schwert steckte. Es hieß, dass derjenige der neue König von Britannien werden würde, der das Schwert aus dem Stein ziehen konnte.

»Das klingt ganz nach Merlins Handschrift«, meinte Professor Ambrosius. »Sicher hat er den Stein dorthin schaffen lassen.«

»Und jetzt ist halb London auf den Beinen. Jeder will sein Glück versuchen«, sagte Melanie, die vom Fenster aus die Scharen von Menschen beobachtete.

»Klar, das ist wie Lottospielen«, sagte Benjamin.

»Los, lasst uns auch gehen«, drängte Kevin. »Ich will's probieren. Vielleicht bin ich der neue König von Britannien und weiß es nicht.«

»Na gut«, sagte Magnus und griff nach seinem Reiseumhang. Insgeheim hoffte er, Merlin zu begegnen. Denn wenn dieser tatsächlich hinter der Sache steckte, würde er sich bestimmt in der Nähe des Steins aufhalten.

In den Straßen und Gassen kamen sie vor lauter Menschen kaum voran. Es war ein unglaubliches Geschiebe und Gedränge.

»Passt auf eure Sachen auf«, warnte der Professor. »Taschendiebe haben Hochsaison.«

Eingereiht in eine lange Menschenschlange näherten sie sich Stück für Stück dem Kirchplatz. Schon von weitem hörten sie das Murren, Lachen oder Stöhnen, wenn sich wieder ein Kandidat bemühte, das Schwert aus dem Stein zu ziehen. Jeder Versuch wurde von den Zuschauern mit Pfiffen, beifälligen Rufen oder Klatschen kommentiert.

»So ein Schwindel!«

»Das Schwert geht doch nie raus!«

»Gib's auf! Du hast zu wenig Mumm in den Knochen.«

»Das Ganze ist nur ein billiger Trick.«

Kevin und Benjamin hatten sich nun so weit nach vorne durchgekämpft, dass sie den Stein sehen konnten.

»Wer dieses Schwert herausziehen kann, wird der wirkliche König von Britannien«, entzifferte Kevin die goldenen Buchstaben, die auf den Stein gemalt waren.

Gerade mühte sich ein dicker Mann mit dem Schwert ab. Vor lauter Anstrengung quollen ihm fast die Augen aus dem Kopf. Er zog und zerrte, aber das Schwert rührte sich keinen Millimeter.

»Nichts«, sagte einer der Ritter, die neben dem Stein standen und das Schwert bewachten. »Du bist nicht der Richtige. Der Nächste, bitte.«

Kevin war an der Reihe. Melanie bemerkte, wie er vor Aufregung zitterte. Zuerst packte er das Schwert nur ganz zaghaft, so als scheute er sich, die Waffe zu berühren. Dann zog er mit aller Kraft. Vergebens.

»Nächster!«

Melanie griff nach dem Schwert. Was würde wohl geschehen, wenn es ihr gelänge, das Schwert aus dem Stein zu ziehen? Mit einer Königin als Nachfolgerin von Uther Pendragon rechnete wohl niemand. Ob man in so einem Fall einfach vertuschen würde, dass sie ein Mädchen war? Angeblich hatte es ja auch schon irgendwann einmal eine Päpstin gegeben ...

»Der Nächste.«

Auch Melanie hatte kein Glück. Schwert und Stein waren einfach untrennbar. Sie überließ Thomas ihren Platz. Aber weder bei ihm noch bei Benjamin bewegte sich das Schwert.

»Bestimmt einbetoniert«, meinte Benjamin achselzuckend.

Nun war Magnus Ambrosius an der Reihe. Er nahm die beiden Ritter in Augenschein und fragte sich, ob einer von ihnen Merlin war. Doch er konnte keine Ähnlichkeit feststellen.

»Na, los, du bist dran. Worauf wartest du noch?«

Professor Ambrosius fasste nach dem Griff und zuckte zurück. Er hatte einen elektrischen Schlag bekommen.

»Wird's bald?«, ertönte es von hinten.

Erneut berührte Magnus das Schwert. Diesmal fühlte es sich ganz normal an. Er packte fester zu und spürte, wie sich das Schwert in seiner Hand bewegte. Er hätte es mühelos herausziehen können!

Der Schreck schoss ihm eiskalt in die Glieder. Er – König von Britannien! Bloß nicht! Magnus ließ den Griff los.

»Ich schaff's auch nicht«, sagte er mit kleinlauter Stimme. Hoffentlich hatte niemand etwas bemerkt.

»Nächster.«

Magnus erwartete, dass der Mann hinter ihm das Schwert freudig in die Höhe ziehen würde – so locker, wie es gewesen war. Doch nichts geschah.

»Wieder nichts«, murmelten die Umstehenden abfällig. Sie verloren langsam die Geduld.

Magnus dachte nach. Ob er sich getäuscht hatte? Hatten ihm seine überreizten Sinne nur vorgegaukelt, dass das Schwert locker saß? Aber nein – er hätte es mit zwei Fingern aus dem Stein ziehen können, ganz sicher! Ob der elektrische Schlag etwas damit zu tun hatte? War das Schwert mit einer unsichtbaren elektronischen Sperre gesichert? Dann hatte vielleicht seine Fernbedienung auf die Sicherung Einfluss genommen …

»Was ist los, Prof?«, fragte Benjamin, dem Magnus' geistesabwesender Gesichtsausdruck nicht entgangen war.

Magnus schüttelte abwehrend den Kopf. »Nichts … doch … ach was, erzähl ich dir später …«

»Können wir jetzt zu den Turnieren gehen?«, bat Kevin. »Ich habe mich doch schon die ganze Zeit so auf das Lanzenstechen gefreut. Hier ist ja nichts los!«

»Nichts los?«, schnaubte Magnus. »Fast wäre ich der König von Britannien geworden. Und da behauptest du, es sei hier nichts los!«

Benjamin sah ihn schräg von der Seite an. »He, Prof, bist du sicher? Oder erzählst du nur wieder mal eine von deinen Geschichten?«

»Ich schwör's euch, ich hätte das Schwert ohne Schwierigkeiten herausziehen können.« Magnus erzählte von seiner Vermutung, dass die Fernbedienung etwas damit zu tun haben könnte.

Thomas überlegte. »Wenn die Theorie stimmt, dann müsste Merlin irgendwo in der Nähe sein, um den Stein zu beobachten. Und sobald derjenige auftaucht, den er als König haben will, löst er die Verriegelung.«

»Genau das hab ich mir auch gedacht«, stimmte Magnus zu. »Wir sollten also auf alle Fälle den Stein im Auge behalten ...«

Da hat uns der Prof echt was Schönes eingebrockt. Schwertwache! So was Oberlangweiliges! Damit wir uns nicht alle gleichzeitig die Beine in den Bauch stehen, wechseln wir uns ab. Kevin, Thomas und der Prof schauen im Moment bei den Ritterspielen zu. Melanie und ich halten hier die Stellung.

Aber es passiert natürlich überhaupt nichts.

Melanie hat mich gerade gefragt, ob ich gemerkt hätte, dass Kevin in sie verliebt sei. »Muss mir entgangen sein«, habe ich geantwortet.

»Kevin hat mich heute Morgen gefragt, ob ich bei ihm bleibe, wenn wir die Zeitmaschine nicht wiederkriegen.«

»Gratuliere«, habe ich gesagt. »Dann bist du Prinzessin oder Baronin oder so was.«

»Will ich aber gar nicht sein«, hat Melanie gesagt. »Lieber geh ich in den Dschungel und beobachte Affen, genau wie meine Mutter.«

Ich weiß nicht, wie ich mich entscheiden würde. Ich meine, wenn jetzt eine Prinzessin kommen und mich fragen würde …

Aber es kommt ja keine, die fragt.

Dafür kommt unsere Wachablösung, endlich!

Der falsche Bettler

Der Weihnachtstag verging, ohne dass es jemandem gelungen war, das Schwert aus dem Stein zu ziehen.

Reitende Boten wurden ausgesandt. Sie trugen die Aufforderung, nach London zu kommen und dort sein Glück zu versuchen, in alle Teile Britanniens. Jedem stand die Chance offen, der neue König zu werden.

»Und was sollen wir tun?«, fragte Benjamin, als sie in ihr Quartier zurückgekehrt waren. »Sollen wir jetzt vielleicht ununterbrochen bis zum Sankt-Nimmerleins-Tag den Stein bewachen? Wer garantiert uns, dass Merlin überhaupt auftaucht?«

Magnus Ambrosius lief nervös in der Kammer hin und her. Dass sie keine Spur von Merlin entdeckt hatten, hatte ihn mehr enttäuscht, als er zugeben wollte. Inzwischen war er sich gar nicht mehr so sicher, dass seine Vermutung mit Merlin und dem Stein stimmte.

»Immer soll ich alle Entscheidungen treffen«, polterte er los. »Bin ich denn Mister Allwissend? Wenn ich nicht die Verantwortung für euch tragen würde, hätte ich mich schon längst aus dem Staub gemacht … Ständig muss ich Rücksicht auf euch nehmen.«

Er verstummte, als er Benjamins betroffenes Gesicht sah. Es tat ihm sofort Leid, dass er ausgerastet war. »Entschuldige, war nicht so gemeint. Ich bin eben auch mit meinem Latein am Ende.«

Sie hielten Krisensitzung und überlegten, was sie tun sollten.

Schließlich sagte Kevin: »Am Neujahrstag soll noch einmal ein großes Turnier stattfinden – viel prächtiger und aufwendiger als die Spiele heute. Da kommen bestimmt viele Leute.«

»Gut, dann bleiben wir bis Neujahr«, meinte Magnus. »Wenn sich bis dahin nichts getan hat, wirst du zu deinem Vater zurückkehren, Kevin. Und wir ... na ja, wir werden sehen ...«

»Bis Neujahr.« Benjamin stöhnte. »Noch eine ganze Woche.«

Kevin schaute verwirrt, zählte die Tage an den Fingern ab, schüttelte den Kopf und zählte noch einmal. »Länger«, sagte er.

»Nerv nicht«, widersprach Benjamin. »Eine Woche.«

Doch Kevin blieb dabei, dass es länger sei. Fast hätten sich die beiden Jungen geprügelt, weil sich jeder im Recht glaubte.

Dann stellte sich heraus, dass Neujahr tatsächlich erst am 6. Januar gefeiert wurde.

»Okay, okay, ich nehme alles zurück«, murrte Benjamin. »Konnte ich ja nicht ahnen. Aber verdammt – das ist ja noch länger! Das halte ich nicht aus!«

»Ich fürchte, das wirst du aushalten müssen«, sagte Magnus und klopfte seinem Neffen auf die Schulter. »Wir werden es alle aushalten müssen ...«

Das lange Warten war mühsam. Die Stimmung zwischen ihnen wurde immer gereizter und häufig kam es zum Streit. Melanie ging Kevins Verliebtheit auf die Nerven. Als er ihr einmal ein selbst verfasstes Gedicht vortragen wollte, hielt sie sich die Ohren zu.

»Um Himmels willen, erspar mir das Gesülze!«

»Aber ich meine es ernst«, behauptete Kevin.

»Kapier doch endlich: Es ist völlig zwecklos. Du bist überhaupt nicht mein Typ und außerdem bist du auch noch zwei Zentimeter kleiner als ich!«

Daraufhin hockte sich Kevin beleidigt in eine Ecke.

Es war auch fast unmöglich, ständig das Schwert zu bewachen. Die Ritter, die neben dem Stein standen, fragten schon scherzhaft, ob sie mit ihnen tauschen wollten.

»Warum kommt ihr eigentlich so oft?«, wollte einer der Ritter wissen.

»Weil wir den großen Augenblick auf keinen Fall verpassen wollen«, gab Magnus Ambrosius zur Antwort.

Die Ritter seufzten.

»Ihr habt's gut«, sagte der eine. »Ihr schiebt freiwillig Wache – und wir müssen es gezwungenermaßen tun.«

»Ich glaube sowieso nicht mehr daran, dass jemand das Schwert aus dem Stein zieht«, sagte der andere.

Ein Tag nach dem anderen verging, ohne dass etwas geschah. Am Neujahrstag fanden Professor Ambrosius und seine Begleiter den Kirchplatz verwaist vor. Die Ritter hatten ihre Posten verlassen, um selbst am Turnier teilzunehmen.

Das Schwert glänzte in der Wintersonne.

»Kannst du es wirklich rausziehen? Probier's doch noch mal«, forderte Benjamin seinen Onkel auf.

»Ja, es schaut im Moment ja keiner zu«, meinte Thomas.

Melanie widersprach. »Doch, dort drüben an der Ecke hockt ein alter Bettler.«

Benjamin warf einen flüchtigen Blick in seine Richtung. »Keine Sorge, der döst nur vor sich hin.«

»Also – wenn's unbedingt sein muss …« Magnus trat zögernd auf den Stein zu. »Ich bin nach wie vor überzeugt, dass es irgendwie mit der Fernbedienung zusammenhängt.«

In diesem Augenblick klapperten Pferdehufe auf dem Pflaster. Ein Junge ritt in großer Eile herbei, saß ab und band sein schwarzes Pferd fest.

»Ist das dein Schwert?«, fragte er Magnus. »Kann ich es mir kurz ausleihen? Mein Bruder Kay braucht unbedingt ein Schwert. Er ist vor kurzem zum Ritter geschlagen worden und will am Turnier teilnehmen. Leider hat er sein Schwert in der Herberge liegen gelassen. Ich bin zurückgeschickt worden, um es zu holen. Doch die Frau macht einfach nicht auf, ich kann klopfen, so viel ich will. – Mein Bruder reißt mir den Kopf ab, wenn ich ihm kein Schwert bringe.«

»Nimm's dir doch einfach«, sagte Magnus und lächelte.

Offenbar wusste der fremde Junge nichts von dem Aufruf und hatte auch noch nicht die goldene Schrift am Stein gelesen.

Auch die anderen grinsten und freuten sich schon auf sein verdutztes Gesicht.

Der Junge trat auf den Stein zu, griff nach dem Schwert und zog es mühelos heraus.

»Danke«, rief er fröhlich, ging zu seinem Pferd, band es in Sekundenschnelle los und schwang sich in den Sattel. »Jetzt kriege ich wenigstens keinen Ärger mit meinem Bruder! Ich bring das Schwert nachher gleich zurück, versprochen!«

Er drückte dem Pferd die Fersen in die Flanken.

»Warte«, schrie Magnus ihm nach. »Wie heißt du?«

Der Junge sah über die Schulter zurück. »Artus.«

Dann stob er mit dem Pferd davon.

Melanie war tief beeindruckt. »Ich glaube es nicht! König Artus! Von ihm wird man noch in mehr als tausend Jahren reden ...«

»Was?«, rief Kevin eifersüchtig. »Der Junge da soll der neue König sein? Aber der ist doch höchstens so alt wie ich! Was hat der denn, was ich nicht habe?«

»Er konnte das Schwert aus dem Stein ziehen«, meinte Benjamin trocken. Plötzlich wirbelte er aufgeregt herum. »Der Bettler! Eben habe ich sein Gesicht gesehen! Es ist Merlin!«

In diesem Moment verschwand die hagere, zerlumpte Gestalt hinter einer Mauerecke.

»Los, hinterher!«, rief Magnus. »Major, lauf ihm nach!«

Der Hund schoss los. Die anderen folgten ihm. Sie sahen gerade noch, wie Merlin in die Gasse neben der Kirche einbog. Die Häuser – fast alle windschiefe, baufällige Schuppen – standen eng nebeneinander.

In der Gasse hatte sich der gesamte Schmutz und Unrat gesammelt und bildete zusammen mit dem Schnee eine glitschige Schicht. Benjamin rutschte aus und konnte sich gerade noch an Melanie festhalten.

»Entschuldigung!«

Doch Melanie hatte es kaum wahrgenommen. Merlin war inzwischen schon am anderen Ende der Gasse angelangt und wandte sich nach links. Als auch die Verfolger die Stelle erreichten, entdeckten sie einen Durchschlupf zwischen den Häusern, einen knappen halben Meter breit. Er führte in einen kleinen Hof. Ein kaputtes Wagenrad und eine rostige Deichsel versperrten ihnen den

Weg. Sie mussten umständlich über die Hindernisse klettern. Auf der gegenüberliegenden Seite war ein Holztor. Da es außer dem schmalen Durchgang keinen anderen Weg mehr gab, musste Merlin durch dieses Tor geflohen sein.

Das Holz war morsch. Unten fehlten ein paar Bretter. Thomas riss das Tor auf. Merlin war nicht mehr zu sehen, aber Major lief zielstrebig nach rechts. Dort stand ein wuchtiger, grob gemauerter Turm. Stufen führten hinunter zu einer Holzklappe, durch die höchstens ein Zwerg passte. Major blieb vor der Klappe stehen und bellte.

Magnus hob die Holzklappe an. »Komm raus, Merlin. Das ist ein unfaires Spiel. Es reicht!« Keine Antwort.

»Was jetzt?«, fragte Benjamin. »Wenn wir da reinkriechen, haut er uns bestimmt eins über den Schädel.«

Doch Magnus ließ sich davon nicht abschrecken. Merlin durfte ihnen nicht wieder entwischen. Als er jedoch durch die Öffnung klettern wollte, stieß er gegen ein Hindernis. Eine unsichtbare Wand, hart wie Glas!

»Das ist wieder einer von Merlins Tricks! Nichts zu sehen und trotzdem kommt man nicht durch.« Magnus streckte die Hand aus. Ganz deutlich konnte er das Hindernis fühlen.

Thomas überzeugte sich selbst. »Tatsächlich.«

»Der Kerl schafft es immer wieder, uns reinzulegen«, sagte Benjamin.

»Mal sehen, ob ich etwas dagegen machen kann.« Magnus zog die Fernbedienung aus seinem Gewand. »Merlin ist zwar schlau, aber ich habe auch einiges zu bieten. Und was Zeitreisen angeht, bin ich vielleicht weiter als Merlin …«

Er tippte eine Zahlenkombination ein. »Probier mal, ob sich was getan hat, Thomas.«

Thomas tastete die unsichtbare Wand ab. »Sie ist noch da … Stopp! Sie wird weicher und gibt nach … Jetzt ist sie weg!«

Magnus lächelte. »Na also. Los, kommt!«

Nebel stieg aus der Öffnung.

»Ein Zeitkanal!«, rief Melanie überrascht.

»Ja.« Magnus wandte sich an Kevin. »Was ist mit dir, Kevin? Ich kann für nichts garantieren, das sage ich dir gleich. Wenn du zu deinem Vater zurückkehren willst, habe ich vollstes Verständnis.«

Kevin schüttelte den Kopf. Seine Augen glänzten. »Ich komme mit. Das hier ist viel spannender als Ritterspiele!«

Ein übles Spiel

Sie krochen durch die Öffnung, einer nach dem anderen. Der weiße Nebel umhüllte sie. Da sie nichts sehen konnten, bewegten sie sich auf allen vieren weiter. Bald spürten sie unter sich den watteartigen Untergrund.

»Was ist das?«, fragte Kevin überrascht.

»Hm … schwer zu sagen«, antwortete Magnus. »Zeitpolster … Gestaute Zeit … Stundenwolken … Minutenmatratze … Du kannst dir einen Namen dafür aussuchen.«

»Und wie lange dauert es noch, bis wir irgendwo rauskommen?«, wollte Kevin wissen.

»Das kann ich dir nicht sagen«, erwiderte Magnus. »Zeit ist relativ, wie schon Albert Einstein erkannt hat. Aber eins ist sicher, Kevin: Irgendwann werden wir irgendwo rauskommen. Jeder Zeitkanal hat einen Anfang und ein Ende.«

Nach einer Ewigkeit – Melanie überlegte schon, ob es ein Kriech-Marathon werden würde – verkündete Thomas von vorne: »Hier kommt wieder fester Boden. Achtung, sogar Stufen. Ende des Zeitkanals!«

Im Dunkeln tasteten sie sich eine steinerne Treppe hinauf. Nach einer Weile sahen sie einen Lichtschimmer. Thomas war zuerst oben.

»Nicht zu fassen!«

»Wo sind wir?«, fragte Melanie von hinten.

»Rate«, forderte Thomas sie auf. »Der Preis: Eine Kreuzfahrt auf dem Nil.«

»Ich hab jetzt echt keine Lust auf Ratespiele.«

»Wir sind wieder in Merlins Observatorium. Preis verfallen, Chance verspielt. Du darfst jetzt nur noch mit einem Kanu auf der Isar paddeln.«

»Sehr witzig.« Melanie zog eine Grimasse, als sie nach Thomas aus der Öffnung stieg.

Über dem Kaminfeuer hing ein brodelnder Kessel. Ein würziger Duft erfüllte den Raum. Merlin aber war nirgends zu sehen.

»Merlin ist bestimmt schon wieder über alle Berge«, sagte Magnus ärgerlich. »Ich hab dieses Versteckspiel langsam satt.«

Major lief schnuppernd durch den Raum, aber auch er fand keine Spur und kehrte zu Benjamin zurück.

»Nimm's nicht tragisch, Alter.« Benjamin kraulte den Hund am Kopf. »Du bist nicht der Einzige, den Merlin an der Nase herumführt.« Er ging einen Schritt zurück und stieß dabei versehentlich gegen eine Decke, die unordentlich über einen Stuhl geworfen war.

Als plötzlich ein lautes Lachen ertönte, fuhren alle erschrocken zusammen.

»Du kriegst mich nicht, Magnus«, sagte Merlins Stimme. »Gib es auf. Ich lass mich nicht fangen. Hahaha.«

Magnus runzelte zornig die Stirn. Benjamin zog die Decke zur Seite.

Auf dem Stuhl stand ein Grammophon. Darauf drehte sich eine Platte und aus dem Trichter erklang wieder Merlins Stimme, klar und deutlich:

»Du kriegst mich nicht. Gib's auf.«

»Der Kerl verspottet uns«, sagte Benjamin und ballte die Fäuste.

Magnus starrte auf das Grammophon. »Merlin benutzt die Zeitmaschine, um alles durcheinander zu bringen. Er schafft absichtlich Anachronismen!«

»Ana-was?«, fragte Kevin verständnislos.

»Es ist ein Anachronismus, wenn Sachen in einer Zeit auftauchen, in der sie normalerweise nichts verloren haben«, erklärte Magnus. »Ein Computer bei den alten Römern zum Beispiel. Oder das hier – ein Grammophon im mittelalterlichen Britannien.«

Kevin näherte sich voller Neugier dem Grammophon. Die Platte war abgelaufen. Thomas drehte an der Kurbel, um Kevin zu zeigen, wie der Apparat funktionierte.

»Toll.« Kevin war beeindruckt.

»Du solltest erst mal meinen mp3-Spieler sehen«, meinte Benjamin. »Zehn Stunden Hörgenuss mit einer einzigen CD. Dagegen ist das hier billig.«

Wieder ertönte Merlins Lachen und Thomas stellte das Grammophon rasch ab.

»Freu dich nicht zu früh, Merlin«, sagte Magnus grimmig. »Wir kriegen dich ja doch. Dein Scherz bringt mich nämlich auf eine Idee!«

»Eine Idee?« Benjamin blickte seinen Onkel gespannt an. »Schieß los!«

»Ich werde einfach ein Anachronometer bauen. Dann geht er uns in die Falle!«

Die Idee, die der Prof hatte, ist wieder mal gigantisch! Er musste sie uns allerdings zweimal erklären, bis auch jeder alles kapiert hatte.

Das Anachronometer ist ein empfindliches Gerät, das immer anzeigen soll, wenn Merlin wieder in der Zeit herumgemurkst hat. Wenn Tutenchamun sich dann beispielsweise von einem Funkwecker wecken lassen kann oder Kleopatra sich die Lippen mit Silicon aufpolstern lässt …

Jedes Mal, wenn ein Anachronismus entsteht, schlägt das Gerät aus. Gleichzeitig peilt es den »falschen« Gegenstand an. Wenn man dann eine Verbindung zwischen all diesen Gegenständen errichtet, entsteht eine Art elektronisches Spinnennetz. Mit jedem neuen Anachronismus wird das Spinnennetz mächtiger. Und mithilfe dieser Anziehungskraft will der Prof die Zeitmaschine herbeiholen, selbst wenn sich Merlin dagegen wehrt und gegensteuert.

Puh! Das ist alles ganz schön kompliziert.

Thomas war jedenfalls begeistert. Er hat gleich mit Onkel Magnus gefachgesimpelt und wir anderen haben überhaupt nichts mehr kapiert. Nicht mal ich, obwohl ich sonst jede Menge von Technik verstehe. Genies unter sich!

»Komm, wir lassen die beiden das Ding bauen und gehen raus«, hat Melanie schließlich vorgeschlagen. »Wir können dabei ja doch nicht helfen.«

Draußen haben wir uns die Tiere angeschaut.

Kevin konnte es nicht fassen, dass die Luft richtig warm war und dass die Tiere auf einer saftig grünen Weide standen.

»Es ist doch Winter«, hat er gesagt. »Heute ist Neujahrstag.«

Ich hab ihm erklärt, dass in London zwar Winter war, aber dass wir uns jetzt in einem ganz anderen Jahr befinden, weil wir durch den Nebeltunnel gekrochen sind. Irgendwann hat Kevin es dann kapiert.

»Aber das ist doch Zauberei«, hat er gemeint.

»Keine Zauberei«, hab ich gesagt. »Es hängt mit den verschiedenen Dimensionen zusammen. Der Prof kann es dir haargenau erklären, wenn du willst.«

Wollte Kevin aber nicht. Er wollte viel lieber die Tiere anschauen. Den Esel Robert kannten wir anderen ja schon, er hatte uns bei unserem ersten Besuch durchs Fenster begrüßt. Doch dann gab es auch noch Schafe und Ziegen und Tiere, die aussahen wie eine Kreuzung zwischen beiden.

Melanie hat sich sehr gewundert. »Das geht normalerweise nicht.«

»Gen-Experimente?«, habe ich gefragt.

»Vielleicht«, hat sie antwortet. »Ich traue Merlin alles zu.«

Mir hat ein prächtiger Auerhahn am besten gefallen. Er hatte solche Ähnlichkeit mit meinem Mathelehrer!

Auffallend war, dass alle Tiere total zahm waren. Sie fraßen uns aus der Hand und hatten nicht die geringste Angst vor Major.

»Ob sie hypnotisiert sind?«, habe ich Melanie gefragt. Sie ist ja die große Tier-Expertin!

Zuerst hat sie gemeint, dass sich Tiere überhaupt nicht hypnotisieren lassen. Doch dann hat sie sich daran erinnert, was Merlin mit unserem Major in der Tropfsteinhöhle angestellt hat. (Es gruselt mich jetzt noch, wenn ich daran denke!)

»Ein bisschen komisch sind sie schon«, musste Melanie schließlich zugeben. »Irgendwie wirken sie so gleichgültig.«

»Richtig stumpfsinnig«, hab ich gesagt.

Das fand Melanie aber dann beleidigend für die Tiere. Sie wäre mir fast ins Gesicht gesprungen.

Dass sie es nicht getan hat, lag daran, dass wir in diesem Moment Besuch bekamen.

Major entdeckte die Frau zuerst. Sie kam über die Wiese, barfuß. Von weitem sah sie aus wie ein junges Mädchen. Sie trug einen langen Rock und hatte lange, schwarze Haare.

Sie erinnerte mich an jemanden. Als sie näher kam, sah ich ihr Gesicht. Mich hätte fast der Schlag getroffen.

Sie sah aus wie Vivi – die Exfreundin vom Prof!

Ich starrte sie an. Eine Doppelgängerin! Nur älter. Aus der Nähe konnte ich die vielen feinen Falten in ihrem Gesicht erkennen.

»Hallo«, begrüßte sie uns. »Ich will zu Merlin.«

Mir fiel der Anhänger auf, den sie um den Hals trug. Es war eine Pyramide aus Kristall, die die Sonnenstrahlen auffing und funkelnd zurückwarf. Toll! So einen Anhänger hätte ich auch gerne gehabt!

»Er ist nicht da«, sagte Melanie zu der Fremden.

»Macht nichts«, sagte die Frau. »Dann warte ich eben drinnen.«

Melanie und ich schauten uns an. Wir wollten beide nicht, dass die Frau reinging und sah, was der Prof und Thomas gerade bauten.

Vor allem ich wollte es nicht.

Dann wenn der Prof dieser Frau begegnete, dann würde ihm die ganze Sache mit Vivi wieder brühwarm hochkommen – todsicher!

Und dann konnten wir das Anachronometer abschreiben!

Doch die Frau sagte: »Keine Sorge, eine Dame vom See darf Merlins Haus jederzeit betreten.«

Und dann ging sie rein …

Viviane und der Zeitkristall

Magnus arbeitete hochkonzentriert. Die Durchführung seines Plans war schwierig, weil er sich mit dem vorhandenen Material behelfen musste. Zum Glück entpuppte sich Merlins Observatorium als eine wahre Fundgrube. Zuerst hatten Magnus und Thomas sämtliche eisernen Stäbe abmontiert, auf denen bei ihrem ersten Besuch die Elmsfeuer geleuchtet hatte. Magnus baute aus ihnen ein pyramidenartiges Gebilde, in dessen Mitte er die Fernbedienung befestigte. Die Konstruktion wurde immer abenteuerlicher. Eine metallene Leitung führte zum Zeitkanal. Dort fing ein umgekehrt aufgehängter Trichter den Nebel des Zeitstroms auf und leitete ihn durch einen Schlauch zur Pyramide. Eine zweite Leitung lief zum Grammophon.

Dass das Anachronometer trotz seines ungewöhnlichen Aussehens schließlich funktionierte, zeigte sich daran, dass Merlins Stimme erst erklang, nachdem die Platte abgelaufen war.

»Eine Verzögerung der Schallwellen durch den Zeitnebel«, erklärte Magnus Thomas, der staunend die Konstruktion betrachtete. »Pass auf, dass du dem Grammophon nicht zu nahe kommst. Ich weiß nicht, welche Auswirkungen das hat.« Er runzelte die Stirn. »Trotzdem habe ich das Gefühl, dass das Anachronometer noch zu schwach ist, um wirklich die Zeitmaschine anzuziehen. Wir bräuchten einen Verstärker …« Ratlos sah er sich im Raum um.

In diesem Moment öffnete sich die Tür und eine Fremde kam herein. Magnus drehte sich um und starrte sie an. Vor Überraschung blieb ihm der Mund offen stehen.

»Vivi – du?«

Schlagartig fiel ihm alles ein, was er in der letzten Zeit verdrängt hatte.

Die Sehnsucht nach Vivien. Der Trennungsschmerz. Die Selbstvorwürfe, was eigentlich schief gelaufen war …

Vivien, halb Engländerin, halb Deutsche, war eines Tages im Albert-Einstein-Institut aufgekreuzt. Sie war freie Mitarbeiterin für *Science* und wollte einen Artikel über die neuesten wissenschaftlichen Erkenntnisse zum Thema Schwarze Löcher schreiben. Magnus und Vivien hatten sich auf einem Gang im Institut kennen gelernt. Magnus wäre fast mit ihr zusammengestoßen, weil er zu schnell um die Ecke gebogen war. Während er sich entschuldigte, traf ihn die Liebe wie ein Blitz. Noch nie hatte er eine Frau auf Anhieb so attraktiv gefunden. Es gefiel ihm alles an ihr: das Aussehen, ihre Art, sich zu bewegen, die helle Stimme, das Lachen und die Herzlichkeit …

Vivien war es ähnlich ergangen. Auch sie fand den Wissenschaftler rasch sympathisch. Er wirkte zwar etwas chaotisch, aber entpuppte sich bald als charmant und sehr gebildet. Noch am selben Abend waren sie das erste Mal zusammen essen gegangen und so hatten die Dinge ihren Lauf genommen.

Irgendwann war Vivien dann bei Magnus eingezogen und zusammen mit Benjamin hatten sie eine Art Familienleben geprobt. Doch Magnus hatte sich von Vivien bald eingeengt gefühlt. Er vermisste seine gewohnte Freiheit. Vor allem war es lästig, jedes Mal eine gute Ausrede zu erfinden, wenn er zur Höhle gehen und an seiner Zeitmaschine arbeiten wollte. Magnus hatte Vivien nicht in seine Pläne eingeweiht, weil er befürchtete, sie könnte die Story von seiner genialen Erfindung brühwarm an *Science* verkaufen, und dann wäre eine Lawine ins Rollen gekommen, die keiner mehr hätte aufhalten können.

Viviens Fragen waren jedoch immer unangenehmer geworden. Sie witterte hinter Magnus' Geheimnistuerei natürlich eine andere Frau. Schließlich hatte sie ihn vor die Wahl gestellt: Entweder sie würden heiraten oder sie würde gehen. Magnus hatte sie gehen lassen, obwohl er sie noch immer liebte.

Und jetzt stand Vivien mit ihren leuchtenden Augen unvermittelt vor ihm und die Magie, die damals auf dem Gang im Institut da gewesen war, schien sich einen Moment lang zu wiederholen …

»Du bist nicht Merlin«, sagte die Frau schließlich.

Jetzt erst fiel Magnus auf, dass die Frau mittelalterliche Kleidung trug. Verwirrt zuckte er zurück.

»Entschuldige … einen Augenblick lang war mir, als würde ich dich kennen …«

Noch immer spielten seine Gefühle verrückt. Er konnte sich zwar einreden, dass die Frau vor ihm nichts mit *seiner* Vivien zu tun hatte – trotzdem war sie ihm völlig vertraut.

»Bist du ein Freund von Merlin?«

»Ein Freund?«, sagte Magnus. »Nicht direkt. Eigentlich nein.«

»Ich dachte nur, weil du meinen Namen kennst. Ich bin Viviane vom See.« Auch ihr Lächeln war genauso wie bei Vivien. Sehr irritierend.

Viviane. Langsam dämmerte es Magnus, wen er da vor sich hatte. Viviane war Merlins Geliebte, die Frau, die den Druiden in die Zeitblase gesperrt hatte. Was wollte sie jetzt hier? Wartete sie auf Merlins Rückkehr? Müsste sie nicht Angst haben vor seiner Rache? Warum begab sie sich freiwillig in die Höhle des Löwen?

»Viviane«, wiederholte Magnus. »Dann bist du die Frau, die Merlin in ewigen Schlaf versetzt hat.«

Ihr Lächeln verschwand. »Hat Merlin dir das erzählt?«

»Ja, er hat von dir gesprochen.«

»Dann hast du Merlin getroffen? Du weißt, wo er ist?« Viviane fing an, sich gehetzt umzusehen. »Hier im Raum?« Sie blickte wieder Magnus an. »Sag schon.«

»Keine Sorge, Merlin ist nicht hier.«

Viviane ging ein paar Schritte, dann setzte sie sich auf die Truhe. »Was hat er von mir erzählt?«

»Dass du eine Diebin bist, die ihm den Zeitkristall gestohlen hat.«

»Es war ganz anders«, verteidigte sie sich sofort und griff nach dem funkelnden Stein, der um ihren Hals hing, als wollte sie ihn beschützen.

»Und wie?«

Viviane schüttelte den Kopf. »Bevor du dich nicht vorgestellt hast, sage ich gar nichts. Wer bist du?«

»Ich heiße Magnus Ambrosius und werde erst in ungefähr vierzehnhundertfünfzig Jahren geboren werden.«

»Interessant. Und was machst du hier in Merlins Observatorium?«

»Ich bin nicht freiwillig hier. Merlin hat mir etwas gestohlen, was ich zurückhaben will.«

Viviane sprang auf. »Aha, siehst du, er ist auch ein Dieb! Er hat verdient, dass man ihn in ewigen Schlaf versetzt …«

»Langsam, langsam. Ich will gar nicht wissen, was zwischen euch passiert ist, aber ich nehme an, du hast deine Gründe gehabt.« Magnus' Blick fiel auf den Zeitkristall. »Was hat es mit diesem Kristall auf sich? Wie funktioniert er?«

»Dieser Kristall«, Viviane drehte den Stein zwischen den Fingern, sodass er bunte Lichtreflexe warf, »kann Himmel und Erde in Bewegung setzen und er verschafft mir Zugang zu Wegen, die normalerweise verschlossen sind.«

»Der Kristall öffnet also Merlins Zeitkanäle«, sagte Magnus.

Viviane wurde blass. »Was weißt du über die Kanäle?«

»Schon eine ganze Menge, aber ich kann sicher noch das eine oder andere dazulernen. Jetzt erzähl mir aber, warum du Merlin hier suchst. Du hast ihn doch in ewigen Schlaf versetzt. Woher weißt du, dass er aufgewacht ist?«

Zögernd berichtete Viviane, dass sie bei jenem Weißdorngebüsch gewesen war, das um die Zeitblase herumgewachsen war. Erschrocken hatte sie festgestellt, dass die Blase nicht mehr da war. Es war zwar niemals ausgeschlossen gewesen, dass Merlin eines Tages wieder aufwachen würde, aber sein plötzliches Verschwinden machte Viviane nun doch Sorgen. Vor allem rechnete sie damit, dass Merlin sich an ihr rächen würde – weil sie ihm den Zeitkristall gestohlen und ihn mit diesem Trick in die Blase gesperrt hatte.

»Und da kommst du ausgerechnet hierher?«, wunderte sich Magnus. »Wenn Merlin hier gewesen wäre, hätte er dir vielleicht sofort den Kopf abgerissen. Warum gehst du ein solches Risiko ein?«

»Ich wollte verhindern, dass Merlins Zorn sich gegen die Insel Avalon richtet«, erklärte Viviane. »Wenn er sich rächen will, dann an mir. Ich nehme alle Schuld auf mich. Aber die anderen auf Avalon soll er in Ruhe lassen.«

»Avalon?«, fragte Magnus nach.

»Unsere Insel. Wir, die letzten Druidinnen, kennen die geheimen Kräfte der Pflanzen und den Lauf der Sterne. Wir wissen, was das Universum bewegt, und wollen unsere Kenntnisse für die Nachfahren bewahren. Avalon darf nicht gefährdet werden. Nicht durch Merlins Zorn. Er ist der mächtigste aller Magier.« Viviane senkte den Kopf. »Deswegen bin ich hier.«

»Wie edelmütig«, sagte Magnus mit einem leicht ironischen Unterton.

Viviane blitzte ihn an. »Na gut. Du glaubst mir nicht. Aber das mit Avalon ist die Wahrheit. Ich hoffe allerdings auch, dass ich Merlins Liebe zurückgewinnen kann. Schließlich waren wir lange ein Paar.«

»Wenn mich eine Frau in ewigen Schlaf versetzt hätte, dann wäre ich mit ihr fertig«, meinte Magnus.

»Das klingt, als hätte ich Merlin umgebracht«, fauchte Viviane. »Ich wollte nur, dass er sich ausruht und seine Kräfte schont.«

»Aber zuvor hast du ihm den Zeitkristall weggenommen.«

»Na ja, man will sich doch auch ein bisschen amüsieren. Ist das so schlimm?«

Magnus hob die Schultern und seufzte. Er hatte es ohnehin aufgegeben, die Frauen zu verstehen.

»Du willst Merlin also zurückhaben.«

»Ja.«

»Ich will auch, dass Merlin wieder auftaucht. Zusammen schaffen wir es vielleicht …« Magnus erzählte nun, was geschehen war. Viviane hörte ihm geduldig zu und stellte ab und zu eine kluge Zwischenfrage, sodass sich Magnus manchmal darüber wunderte, wie gut sie Bescheid wusste.

Viviane lächelte. »Ich habe viel von Merlin gelernt. In der Zeit, in der wir zusammen waren, konnte ich ihm etliche Geheimnisse entlocken.«

Magnus und Thomas erklärten ihr nun die Funktionsweise des Anachronometers.

»Jetzt fehlt nur noch ein Verstärker«, sagte Magnus. »Ich bin sicher, mit dem Zeitkristall könnten wir es schaffen.«

Viviane nickte. »Ich helfe euch.«

»Thomas, hol die anderen herein«, befahl Magnus. »Wenn mein Plan funktioniert und die Zeitmaschine auftaucht, werden wir gleich mit ihr durchstarten!«

Merlins Rache

»Sie will uns wirklich helfen?«, fragte Benjamin, als Thomas bei ihm, Melanie und Kevin auftauchte. »Und der Prof ist nicht durchgedreht?«

»Warum sollte er denn durchdrehen?«, fragte Thomas.

»Weil die Frau haargenau so aussieht wie Vivi, seine Exfreundin.«

Thomas zuckte mit den Achseln. »Wenn es so ist, dann hat sich dein Onkel gut im Griff. Los, kommt mit. Jetzt wird es spannend. Das Anachronometer muss funktionieren …«

»Und wenn nicht?« Melanie ging hinter den anderen her.

»Dann kannst du hier in aller Ruhe das Verhalten von Schafziegen erforschen«, sagte Thomas. Er war davon überzeugt, dass das Gerät funktionieren würde, und es ärgerte ihn, dass Melanie offenbar daran zweifelte. »Oder du heiratest Kevin.«

»Hast du noch mehr so dumme Vorschläge?«, gab Melanie pampig zurück.

Kevin warf ihr einen traurigen Blick zu, sagte aber nichts.

Als sie in den Raum kamen, hatte Professor Ambrosius schon

die Fernbedienung in der Hand. Viviane trat zur Pyramide. Es ertönte ein lautes Piepsen und auf der Pyramidenspitze erschien ein Elmsfeuer.

»Ein unerwünschter Nebeneffekt«, murmelte Magnus. »Aber er stört nicht.« Er drückte auf einige Tasten, bis das Piepsen aufhörte. Stattdessen hörte man jetzt ein Summen – ähnlich dem Singen von Hochspannungsleitungen bei starkem Wind.

»Der Kristall verstärkt die Reichweite der Fernbedienung. Sobald Merlin wieder einen zeitfremden Gegenstand mit der Zeitmaschine transportiert, geht er uns in die Falle. Kannst du die Kurbel des Grammophons drehen, Thomas? Aber Vorsicht, geh nicht zu nah ran. Nimm lieber den langen Holzstab.«

Thomas berührte sachte mit dem Stab die Kurbel und brachte sie in Bewegung.

»Ist das ein Zauberstab?«, fragte Benjamin.

»Quatsch, ein ganz normaler …«

In diesem Augenblick knatterte und zischte das Elmsfeuer los wie ein Feuerwerkskörper.

»Achtung!«, rief Benjamin, fasste Kevin und Melanie bei den Händen und zog sie einen Schritt zurück. Gerade noch rechtzeitig!

Urplötzlich stand die Zeitmaschine im Raum.

Das Anachronometer fiel krachend in sich zusammen.

Magnus war so überrascht, dass er Viviane schützend in die Arme nahm. Alle starrten auf die Zeitmaschine.

Die Einstiegsluke glitt auf. Merlin sprang heraus, mit wildem, wehendem Bart, in der Rechten ein blitzendes Schwert.

»Gebein und Teufel! Warum bin ich zu Hause gelandet?«

Jetzt sah er Magnus und Viviane.

»Eine Verschwörung! Ihr beide habt mich hergeholt. Das sollt ihr mir büßen! Vor allem du, Viviane! Aber zuerst her mit dem Kristall!« Drohend kam er mit dem Schwert auf sie zu.

Doch Viviane machte sich los, drehte sich um und fasste den Kristall so, dass die Spitze nach vorne zeigte. Ein Loch erschien in der Wand, aus dem weißer Zeitnebel herausquoll. Viviane sprang hinein und verschwand. Die Wand schloss sich so schnell, dass Merlins Schwertspitze daran abprallte.

»Verflucht«, rief der Zauberer. »Sie ist mir entwischt!«

Wütend wirbelte er herum. Sein Schwert zeigte auf Magnus.

»Du hast mir eine Falle gestellt, du Lump!«

Magnus sah in sein zorniges Gesicht. Mit einem Hieb schlug Merlin ihm die Fernbedienung aus der Hand. Sie fiel auf den Boden, wo Merlin sie zertrat.

»So. Das war Nummer eins.« Merlin kam noch einen Schritt näher auf Magnus zu. Das Schwert berührte fast den Hals des Professors. »Und jetzt Nummer zwei. Was willst du sein? Kröte oder Kriechtier? Kellerassel oder Spinne? Schnecke oder Wurm?« Die Augen des Zauberers funkelten.

Magnus' Herz schlug heftig. Dies war kein Spiel mehr, sondern bitterer Ernst. Er glaubte jedoch keinen Augenblick daran, dass Merlin ihn wirklich in ein Tier verwandeln konnte. Das war wissenschaftlich unmöglich. Aber es ging um Leben und Tod. Merlin wollte ihn ausschalten, keine Frage. Er wollte die Zeitmaschine an sich bringen und dabei war Magnus ihm im Weg.

»Nun, keine Antwort?«, fragte Merlin. »Du überlässt mir die Wahl?« Er lächelte, aber es war kein freundliches Lächeln. »Dann lass dich überraschen.«

Magnus konnte seinen Blick nicht von Merlins Augen lösen. In diesem Moment wusste er, dass er hypnotisiert werden würde, aber er war unfähig, den Bann zu brechen. Jemand drängte sich in seinen Kopf, eine fremde Macht übernahm die Kontrolle.

»Ja, schau mir in die Augen …«

Merlins Augen waren wie ein grünes Meer. Magnus wurde in einen magischen Strudel gezogen. Sein Wahrnehmungsvermögen veränderte sich und seine Sinne fingen an, ihm Streiche zu spielen.

Was passierte mit seiner Nase? Sie wuchs, wurde lang und länger, spitz und scharf. Seine Lippen – eine hornige Masse …

»Hilfe!« Doch aus seinem Mund kam ein Krächzen.

Magnus, überzeugt, inzwischen eine Monsterfratze zu haben, tastete nach seinem Gesicht. Aber er konnte seine Hände nicht mehr finden. Seine Arme waren breit und platt geworden und hingen voller Federn. Als er auf seine Füße schaute, sah er, dass er scharfe Krallen hatte – die Klauen eines Greifvogels …

Jemand lachte – der Mensch in dem grauen Gewand. Er schien auf einmal sehr weit weg zu sein. Es war, als würde Magnus ein Fernrohr verkehrt herum halten und ihn durch die Linse hindurch betrachten – ein winzig kleines, gestochen scharfes Bild.

»Flieg, du hässlicher Vogel!«

Magnus merkte zu seinem Schrecken, wie er die Flügel ausbreitete, sich vom Boden abstieß und in die Luft schwang … Es war ein mühseliges Flattern, er kam kaum hoch und wurde vom eigenen Gewicht immer wieder in die Tiefe gezogen.

Ich kann gar nicht fliegen, ich bin doch ein Mensch …

»Flieg«, befahl die Stimme in seinem Kopf. »Flieg um dein Leben.«

Und Magnus flog. Höher und höher. Unter sich schroffe Felsen und steinige Abhänge. Magnus kämpfte gegen ein Schwindelgefühl an, er hatte Höhen noch nie gut vertragen. Erst flog er über einen Bergrücken, dann – schon am Ende seiner Kräfte – über ein Wäldchen, ständig gepeinigt von der Angst, in den Baumwipfeln hängen zu bleiben. Schließlich sah er einen freien Platz mit großen Steinen, die im Kreis standen. Stonehenge?

Völlig erschöpft landete Magnus auf einer Steinplatte und schlug wild mit den Flügeln, um das Gleichgewicht zu halten. Ein weiß gekleideter Druide tauchte vor ihm auf. Er hielt einen Käfig in die Höhe.

»Na, komm schon, du hässlicher Zwergfalke!«

Gehorsam hüpfte Magnus in den Käfig. Als der Druide die Tür schloss, wurde es Magnus schwarz vor Augen und alles versank in Dunkelheit.

Schlimmes ist passiert! Ich staune über mich selbst, dass ich den Mut hatte … Doch es heißt ja, dass man manchmal über sich selbst hinauswächst.

Aber der Reihe nach.

Wir standen also in Merlins Observatorium und sahen zu, wie Merlin den Prof hypnotisierte. Welche Kraft von seinen Augen ausging – unglaublich! Und dann dieses gefährliche Schwert in Merlins Hand, das sogar einen Namen hatte: EXCALIBUR. Damit hätte er uns leicht einen Kopf kürzer machen können. Hat er aber zum Glück nicht. Als der Prof unter der Macht des Blickes zusammenbrach, bekam ich einen Riesenschreck.

Ich stürzte sofort zu ihm. Sein Puls schlug noch. Seine Augen wa-

ren offen, aber er schaute ganz seltsam. Mich sah er jedenfalls nicht, obwohl ich mit der Hand vor seinen Augen hin und her wedelte. Er sah keinen von uns. Und er konnte uns auch nicht hören.

»Was hast du mit ihm gemacht?«, fauchte ich Merlin an. Mann, hatte ich einen Hass auf diesen Zauberer!

»Keine Sorge, er schläft nur und träumt«, antwortete Merlin. Er hatte ihn also in eine Art Koma versetzt.

Nachdem der Prof auf diese Weise ausgeschaltet war, fing Merlin an herumzusülzen. Er tat so, als hätte er unheimlich viel Verständnis für junge Leute. Großzügig bot er uns an, uns ins einundzwanzigste Jahrhundert zurückzubringen. Allerdings ohne Onkel Magnus.

Ich fand es ganz toll von Melanie und Thomas, dass sie das Angebot sofort ablehnten. Der Prof hätte ihnen auch völlig egal sein können! Sie waren ja nicht mit ihm verwandt, so wie ich.

Mir war klar, dass Merlin uns nur zurückbringen wollte, damit wir ihm nicht mehr in die Quere kamen. Dann hätte er sich die Zeitmaschine geschnappt, wäre damit in den Zeiten herumgesaust und hätte alles Mögliche angestellt!

Merlin merkte schnell, dass er bei uns auf Granit biss. Deswegen nahm er sich Kevin vor.

»Dich kenne ich ja noch gar nicht. Wer bist du?«

»Kevin, der Sohn von Sir George«, antwortete Kevin. Seine Stimme zitterte, er hatte einen Heidenrespekt vor Merlin. »Ich weiß nicht, ob dir der Name etwas sagt.«

»Möchtest du gerne Ritter werden?«, fragte Merlin.

Kevin war völlig überrascht, dass Merlin seinen größten Wunsch kannte. Entweder hatte der Zauberer in Kevins Gedanken herumgeschnüffelt oder einfach nur ins Blaue hinein geraten.

»Ritter am Königshof?«, lockte Merlin weiter. »Deinen Mut und deine Tapferkeit unter Beweis stellen?«

»O ja …«

Merlin warf den nächsten Köder aus. »Ich könnte dafür sorgen, dass du ein Ritter von König Artus' Tafelrunde wirst. Dann gehörst du zu den hundert Besten und kannst auf Gralssuche gehen. Willst du Artus die Treue halten?«

»Artus?«, fragte Kevin überrascht. »Der kann doch noch gar kein König sein! Er hat doch eben erst das Schwert aus dem Stein gezogen!«

»Ach, Kevin! Deine Gedanken weilen noch in der Vergangenheit, während dein Körper längst in der Zukunft ist. Du hast sicher einen von meinen Zeitkanälen benutzt.«

»Ja, aber …«

»Seit Artus das Schwert aus dem Stein gezogen hat, sind in der normalen Menschenwelt Jahre vergangen. Artus ist längst ein junger König geworden.«

Kevin schluckte. Er hatte Mühe, das alles zu verstehen, das sah ich ihm an.

»Also, wie steht's? Willst du Artus dienen und sein Ritter werden?«, fragte Merlin noch einmal.

Kevin schluckte, dann sagte er entschlossen: »Und wie ich das will!«

Während des ganzen Gesprächs machte ich mir Gedanken, wie ich Merlin austricksen könnte. Ich musste die Zeitmaschine in meine Gewalt bringen. Mit Archies Hilfe würde es mir vielleicht gelingen, uns alle samt dem Professor ins einundzwanzigste Jahrhundert zu transportieren und Merlin loszuwerden …

Eine List! Ich brauchte unbedingt eine gute List!

Ich holte tief Luft.

»Merlin«, sagte ich schmeichelnd, »stimmt es eigentlich, dass du der größte und beste Zauberer der Welt bist?«

Merlin schaute mich interessiert an. »Wer sagt das?«

»Eigentlich jeder«, behauptete ich »Und deswegen möchte ich unbedingt von dir lernen. Kann ich dein Lehrling werden?«

Ich muss ziemlich gut geschauspielert haben, denn Melanie und Thomas starrten mich an, als käme ich geradewegs vom Mond.

»Zauberlehrling – du?« Merlin zog zweifelnd die Augenbrauen hoch. »Ich weiß nicht, ob du dazu taugst. Lehrling zu sein ist hart. Ich wette, du kannst nicht einmal drei Tage lang in der Wildnis fasten.«

Ich bettelte: »Lass es mich doch wenigstens versuchen. Bitte, Merlin.«

Merlin dachte nach. »In Ordnung. Du bekommst eine Chance. Du wirst mein Lehrling auf Probe. Steigt ein, ihr beiden.«

Er meinte Kevin und mich.

»Und was ist mit den anderen?«, fragte ich.

»Die bleiben hier«, bestimmte Merlin.

Ich hatte es eigentlich anders geplant gehabt, aber jetzt konnte ich nicht mehr zurück. Es war wichtig, dass Merlin die Zeitmaschine nicht wieder entführte! Das war ich dem Prof schuldig.

Ehrlich, es hat mir fast das Herz zerrissen, dass die anderen nicht mitkommen konnten. Aber was hätte ich machen sollen?

Melanie und Thomas schauten mich an, als sei ich ein Verräter. Ich hätte ihnen so gerne alles erklärt!

»Einsteigen«, kommandierte Merlin und schubste Kevin und mich in die Zeitmaschine. Dann schloss sich die Einstiegsluke und kurz darauf waren wir schon unterwegs …

»Wohin fahren wir?«, fragte ich Merlin, der sich mit geschlossenen Augen darauf konzentrierte, Archie zu steuern.

»Camelot«, murmelte Merlin, ohne die Augen zu öffnen. »Ich muss König Artus dieses Schwert bringen. Es ist das beste Schwert, das ich finden konnte. Rostfreier Edelstahl.«

»Dann hast du es aus der Zukunft geholt«, sagte ich. Rostfreien Edelstahl gibt es im Mittelalter natürlich noch nicht. Mir war jetzt klar, warum das Anachronometer angesprochen hatte. Merlin war in die Zukunft gereist, hatte sich mittels moderner Technik ein Schwert anfertigen lassen und war damit ins Mittelalter zurückgekehrt.

»Na und?« Merlin riss ruckartig die Augen auf und schaute mich prüfend an. »Irgendwelche Einwände?«

»Oh nein«, sagte ich schnell. »Im Gegenteil, ich finde es sehr klug.«

Merlin grinste geschmeichelt und schloss wieder die Augen. Kurz darauf fing er an zu grummeln. »Dieses dumme Ding … ich komme mit der Lenkung einfach nicht klar. Eigentlich könntest du mir helfen, du kennst dich doch damit aus.«

Das war meine große Chance. Vielleicht weiß ich doch ein bisschen mehr über Computertechnik als ein Zauberer aus dem Mittelalter!

»Okay«, erwiderte ich. »Du musst Archie aber in Ruhe lassen, sonst kann er nicht richtig rechnen und wir implodieren.«

»Implodieren?«, fragte Merlin.

»Ja, wir fallen in uns zusammen und verschmelzen zu einem kleinen weißen Stern«, log ich. Das hörte sich richtig stark an, fand ich.

»Gut«, sagte Merlin. »Dann bring uns nach Camelot. Aber keine Tricks.« Er zeigte uns auf der Bildschirmkarte, wo Camelot lag.

Camelot ist der Königshof, so viel hatte ich inzwischen kapiert.

Ich versuchte mich zu erinnern, wie man die Zeitmaschine bedient. Der Prof hatte es mir ja erklärt.

»Na, dann auf nach Camelot«, befahl ich Archie.

Die Insel der Druidinnen

»Ich krieg die Krise«, sagte Thomas noch immer fassungslos. »Da hat sich Benjamin doch tatsächlich einfach abgeseilt! Verdammt!«

»Ich bin sicher, er will Hilfe holen«, widersprach Melanie und beugte sich über Magnus Ambrosius, der noch immer reglos am Boden lag. »Hören Sie mich? Sie müssen aufwachen.« Sie berührte seine Finger und tätschelte seine Wangen. »Bitte wachen Sie doch auf!«

Doch der Professor reagierte nicht. Major hockte sich winselnd neben ihn. Melanie brachte Magnus in eine stabile Seitenlage. Sie wusste, wie man mit Bewusstlosen umgehen sollte. Dann warf sie Thomas einen verzweifelten Blick zu. »Was sollen wir jetzt nur tun?«

»Notruf. Polizei oder Krankenwagen …«

»Sehr witzig.« Melanie richtete sich auf und sah sich um. Wie konnte sie dem Bewusstlosen helfen? Ihre Augen huschten über die zahlreichen Fläschchen in Merlins Regal. Vielleicht ein stark riechendes Arzneimittel? Aber wenn sie nun ein falsches Fläschchen erwischte, beispielsweise Gift?

Sie blickte sich weiter um. Hier war das Pergament mit den eingezeichneten Zeitkanälen – im Moment leider völlig wertlos. Die Reste des Anachronometers – auch nicht mehr zu gebrauchen. Thomas kniete inzwischen auf dem Boden und untersuchte die Fernbedienung, die Merlin zertreten hatte.

»Nichts mehr zu machen«, stellte Thomas fest. »Die ist komplett hin.«

»Ich hole Wasser«, beschloss Melanie.

»Woher denn?«

»Draußen bei den Tieren ist eine Quelle und ein Bachlauf.« Melanie nahm eine Schale und verschwand. Kurz darauf war sie zurück und bespritzte Magnus' Gesicht. Vielleicht würde ihn das kalte Wasser wieder zur Besinnung bringen.

Aber Magnus leckte sich nur einen Tropfen von den Lippen. Das war die einzige Reaktion. Immerhin …

Melanie betrachtete ihn nachdenklich. »Ich glaube nicht, dass Hypnose lebensgefährlich ist.«

»Direkt lebensgefährlich nicht, auch wenn man das bei Merlin nicht so genau wissen kann«, meinte Thomas. »Ich denke, man wird höchstens ein bisschen verrückt davon und bildet sich ein, ein Yeti zu sein. Dann verbringt man den Rest des Lebens in einer geschlossenen Anstalt.«

»Hm. – Ich bin sicher, ein guter Psychologe wird ihn wieder hinkriegen. Nur – wo finden wir einen?«

»Schau doch mal im Internet nach.«

»Vielen Dank, du bist echt eine Riesenhilfe!«, schnaubte Melanie. »Du hast nur blöde Sprüche drauf, während ich mir den Kopf zerbreche, wie Professor Ambrosius geheilt werden kann.«

»Er muss nach Avalon«, sagte eine Stimme hinter ihnen.

Melanie und Thomas fuhren herum. Viviane war zurückgekehrt. Sie sah verändert aus, ernster und älter. Vielleicht lag es auch daran, dass sie ein langes schwarzes Kleid trug und keinen bunten Rock mehr wie zuvor. Ihre Haut wirkte blass, fast durchscheinend. Um ihren Hals hing noch immer der Zeitkristall. Er pulsierte geheimnisvoll und warf funkelnde Reflexe.

»Avalon?« Melanie hob fragend die Brauen.

»Ja.« Viviane nickte. »Avalon, die Insel der Apfelbäume. Morgaine le Fay, unsere oberste Druidin, ist eine große Heilerin. Wenn jemand ein Mittel gegen Merlins Hexereien kennt, dann sie. Ich spürte, dass ihr Hilfe braucht, deswegen bin ich zurückgekommen. Ich werde euch nach Avalon bringen.«

»Und wie sollen wir Magnus Ambrosius transportieren?«, fragte Thomas.

»Vielleicht geht es mit dem Esel«, schlug Melanie vor.

»Eine gute Idee«, meinte Viviane.

Melanie und Thomas zogen Magnus vom Boden auf, hakten ihn unter und schleppten ihn mühsam aus dem Observatorium.

»Schwer wie ein Mehlsack.« Thomas stöhnte. »Lange können wir ihn nicht halten.«

Viviane fing den Esel Robert ein und streifte ihm ein Halfter über. Gemeinsam hievten sie Magnus auf seinen Rücken. Er konnte nicht aufrecht sitzen und kippte nach vorne. Melanie und Thomas hielten ihn von links und rechts fest, damit er nicht herunterrutschte.

»So müsste es eigentlich gehen«, sagte Melanie. »Ist es weit bis nach Avalon?«

»Keine Sorge, wir nehmen eine Abkürzung«, antwortete Viviane. »Los, Robert!«

Gehorsam trottete der Esel los. Sie gingen ein Stück den Pfad entlang. Major lief nebenher und ließ seinen Herrn keinen Augenblick aus den Augen.

Vor einem morschen Baumstamm blieb Viviane stehen und griff nach dem Zeitkristall.

Ein schwarzer Punkt erschien in der Luft, wurde zu einer Spirale und verdichtete sich zu einer dunklen Fläche. Ein Tunnel war entstanden!

Robert stemmte seine Hufe in den Boden und weigerte sich, auch nur noch einen einzigen Schritt zu tun.

»Er scheint Zeitkanäle nicht zu mögen«, sagte Viviane. »Aber es hilft nichts, darauf können wir jetzt keine Rücksicht nehmen.«

Sie berührte mit dem stumpfen Ende des Kristalls Roberts Stirn. Der Esel fing an zu zittern und ließ sich ohne Widerstand in den Zeitkanal führen.

»Was hast du mit ihm gemacht?«, fragte Melanie misstrauisch.

»Der Kristall hat ihm gezeigt, dass ihn leckeres Futter erwartet, wenn er weitergeht«, erwiderte Viviane.

Nach wenigen Schritten umhüllte sie dichter Nebel. Der watteweiche Untergrund war für Melanie und Thomas keine Überraschung mehr, aber es kam ihnen so vor, als würden sie diesmal nicht ganz so tief einsinken. Robert stakste unsicher vorwärts und Thomas und Melanie hatten alle Mühe zu verhindern, dass Magnus vom Esel rutschte.

»Wir sind gleich da«, verkündete Viviane.

Wenig später hatten sie tatsächlich wieder festen Boden unter den Füßen und standen am Ufer eines Sees. Es war diesmal ein sehr kurzer Zeitkanal gewesen.

Ein kühler Abendwind wehte ihnen entgegen. Die blassrote Sonne, von Dunst verhangen, ging gerade unter.

Viviane drehte den Kristall und der Zeitkanal hinter ihnen verschwand. Stattdessen erschienen an dieser Stelle zwei hölzerne Säulen, die eine Art Tor bildeten. In jede Säule war ein menschlicher Totenschädel eingebettet und Melanie hatte das Gefühl, aus den leeren Augenhöhlen heraus beobachtet zu werden.

Schaudernd zog sie die Schultern hoch. »Hier ist es aber ungemütlich.«

Beim Observatorium war Sommer gewesen, ein sonniger, heller Tag. Hier herrschte trübe Herbststimmung. Dichte Nebelschwaden zogen über den See. Manchmal konnte man in der Ferne einen Teil einer Insel erkennen.

»Da drüben ist Avalon.« Viviane streckte den Arm aus.

Das eigenartige Zwielicht machte es unmöglich, die Entfernung einzuschätzen. Die Insel wirkte nah und gleichzeitig fern.

»Wie kommen wir dorthin?«, fragte Melanie.

Statt einer Antwort formte Vivane ihre Hände zu einem Trichter und rief laut über den See: »Hol uns über!«

Melanie und Thomas wechselten einen unbehaglichen Blick.

Im Schilf schrie zweimal ein Vogel. Sonst war es totenstill.

Melanie hatte plötzlich das Gefühl, die Magie des Ortes spüren zu können, eine düstere, dunkle Kraft … Sie biss sich auf die Lippe. Warum war ihnen all das nur passiert? Sie wollte nach Hause!

Plötzlich hörte sie das Plätschern von Ruderblättern, die regelmäßig durchs Wasser gezogen wurden. Wenig später tauchte im

Nebel ein Boot auf und legte am Ufer an. Eine schwarz gekleidete Frau kam auf Viviane zu. Die beiden wechselten einige Worte, dann drehte sich Viviane zu den anderen um und rief:

»Die Fährfrau ist bereit, uns nach Avalon überzusetzen.«

Melanie und Thomas zogen Magnus Ambrosius vorsichtig von dem Esel herunter. Major war so besorgt um seinen Herrn, dass er ihnen ständig um die Füße herumwuselte.

»Schon gut, Major«, keuchte Melanie. »Alles in Ordnung mit ihm. – Mach Platz!«

Magnus' Arme lagen über den Schultern der beiden und so schleppten sie ihn bis zum Boot. Viviane half ihnen, Magnus in den Kahn zu bugsieren, ohne dass er ins Wasser fiel. Schließlich hatten sie alle, Major eingeschlossen, einen Platz im Boot gefunden.

»Und was ist mit Robert?«, fragte Melanie besorgt.

Der Esel stand am Ufer und starrte dümmlich über den See.

»Im Boot ist kein Platz mehr für ihn«, sagte Viviane. »Aber keine Bange. Robert findet genug Futter. Außerdem kommen hier immer wieder Druidinnen vorbei, die sich um ihn kümmern werden.«

Die Fährfrau stieß vom Ufer ab. Sie tauchte die Ruderblätter ins Wasser und das Boot glitt über den See. Die Erlen und Weiden am Ufer warfen gespenstische Schatten, dann versank alles in dichtem Nebel.

Melanie hatte das verrückte Gefühl, dass sie sich zwischen zwei Welten bewegten – der normalen Menschenwelt und der magischen Welt der Druidinnen … Nervös presste sie die Hände gegen die Schläfen. Sie durfte auf keinen Fall den Bezug zur Wirklichkeit verlieren, sonst erging es ihr am Ende noch genauso wie Magnus!

»Spürst du es auch?«, fragte Thomas leise. »Ich kann's nicht beschreiben, aber es ist irgendwie seltsam …«

Melanie nickte. »Genau.« Sie wagte kaum, die Fährfrau anzublicken. Die Frau trug eine Kapuze und Melanie hatte noch kein einziges Mal ihr Gesicht gesehen. Allmählich hatte sie den Eindruck, als sei es eine Kapuze ohne Inhalt. Ruderte ein Gespenst den Kahn?

Aber so etwas war doch unmöglich!

Endlich tauchten im Dunst die Umrisse von Avalon auf und das Boot legte an der Insel an. Die Fährfrau half ihnen beim Aussteigen. Sie hatte ganz weiße, schmale Hände, die fest zupackten. Wieder gelang es Melanie nicht, ihr Gesicht zu sehen – aber jetzt war sie sicher, dass die Fährfrau gar keines hatte.

»Thomas, hast du auch in die Kapuze gesehen?«, flüsterte sie, während sie Magnus wieder zwischen sich nahmen.

»Ist leer, ich weiß«, antwortete Thomas ebenso leise. »Denk nicht drüber nach. Hier stimmt einiges nicht. Warum scheint jetzt die Sonne? Drüben am Ufer war es doch Abend – und die Fahrt hat höchstens eine halbe Stunde gedauert.«

Tatsächlich – die Insel lag in hellem Sonnenschein. Unzählige Apfelbäume standen am Ufer. Manche waren in leuchtendes Weiß gehüllt – Millionen von Blüten, die süß dufteten. Andere Bäume trugen rote Früchte und verbreiteten den Geruch von reifen Äpfeln.

»Du hast Recht, das kann eigentlich nicht sein«, sagte Melanie kopfschüttelnd. Aber es blieb ihr keine Zeit, nach Erklärungen zu suchen, denn nun kamen mehrere Frauen den Uferweg entlang, angeführt von einer kleinen, dunkelhaarigen Druidin. Genau wie bei Viviane verriet ihr Gesicht kein genaues Alter. Ihre Nase war klein und spitz, die Augen dunkel. Dichtes, schwarzes Haar, vermischt mit grauen Strähnen, fiel ihr auf die Schultern.

»Ihr bringt einen Kranken, der auf Avalon geheilt werden soll«, sagte die Anführerin. »Ich bin Morgaine le Fay und heiße euch herzlich willkommen.«

Melanie wunderte sich. Woher wusste Morgaine, dass Magnus krank war? Und warum kannten die Frauen den Zeitpunkt ihrer Ankunft? Es schien fast so, als hätten sie auf das Boot gewartet. Sehr merkwürdig …

Morgaine trat auf Magnus Ambrosius zu und strich sanft über seine Stirn. »Komm«, forderte sie ihn auf.

Melanie und Thomas spürten, wie Magnus die Knie durchdrückte. Die erste richtige Reaktion, seit Merlin ihn hypnotisiert hatte! Zwar musste Professor Ambrosius noch immer gestützt und geschleppt werden, aber wenigstens setzte er jetzt einen Fuß vor den anderen. Traumverloren, wie ein Schlafwandler …

Sie gingen an blühenden Apfelbäumen und würzig duftenden Wiesen vorbei, bis sie zu einem großen Gebäude kamen.

»Das ist das Haupthaus der Druidinnen«, erklärte Morgaine und zeigte auf den langen Mittelteil. Mehrere kleinere Nebengebäude gliederten sich an. Aus einem drang das Gekrächze und Gekreische von Vögeln.

»Unser Vogelhaus«, sagte Morgaine. »Wir halten hauptsächlich Falken.«

»Zur Jagd?«, wollte Melanie wissen.

»Zur Jagd und manchmal auch als Kundschafter«, antwortete Morgaine. »Während die Vögel fliegen, können wir nämlich durch ihre Augen sehen.«

Melanie zwang sich, nicht darüber nachzugrübeln. Druidinnen hatten eben nun mal übersinnliche und zauberische Fähigkeiten. Melanies Mutter hatte nach einer Reise einmal erzählt, dass die Schamanen bei Eingeborenen mit manchen Tieren ganz enge Verbindungen eingehen konnten. Das hatte sich in Melanies Ohren auch schon fast wie Hexerei angehört.

Morgaine führte die Gäste in das Hauptgebäude und zeigte ihnen einen Raum, in dem sie sich aufhalten konnten. Vom Fenster aus konnte man in den Innenhof sehen. In der Mitte plätscherte ein Springbrunnen und mehrere Druidinnen gingen im Wandelgang spazieren.

»Ich wünsche euch eine gute Zeit bei uns. Wenn ihr etwas braucht, sagt einfach Bescheid.« Morgaine verabschiedete sich. »Ich verspreche euch, dass ich mein Bestes tun werde, um den Kranken zu heilen.«

Sie winkte zwei Begleiterinnen herbei. Diese nahmen Magnus in ihre Obhut und führten ihn aus dem Raum.

Melanie und Thomas sahen ihm mit gemischten Gefühlen nach.

»Ihr könnt Morgaine vertrauen«, sagte Viviane. »Sie ist die Einzige, die helfen kann – wenn es gegen Merlins Zauber überhaupt eine Hilfe gibt.«

Melanie schluckte. »Ich vertrau ihr ja«, sagte sie. Dann ließ sie sich auf einen Stuhl sinken. Sie war mit den Nerven am Ende und schlug die Hände vors Gesicht. »Was soll nur aus uns werden?«

Mist! Jetzt ist alles aus. Ich hab's versiebt! Ich könnte mich vor Ärger in den Hintern beißen!

Dabei war mein Plan so gut. Ich hätte mir eigentlich schon zugetraut, dass ich mit Archies Hilfe wieder das Observatorium finde, wo wir die anderen zurückgelassen haben. Aber Merlin ist so raffiniert! Er ist mir immer eine Nasenlänge voraus, sobald ich etwas aushecke!

Unser Ziel war also Camelot, König Artus' Hof.

Ich hatte vor, Merlin dort aussteigen zu lassen und dann bei ersten Gelegenheit mit der Zeitmaschine zu verschwinden.

Archie war ziemlich mitgenommen, weil Merlin seine Elektronik total durcheinander gebracht hatte. Ich weiß nicht, wie belastbar künstliche Intelligenzen sind. Vielleicht kriegen die auch so was wie einen Nervenzusammenbruch oder sie sind einfach erschöpft oder knallen gleich ganz durch.

Jedenfalls war Archie ziemlich unsicher, was die Orientierung anbelangte.

»Nach Camelot«, befahl ich.

»Dideldum«, antwortete Archie mit schwerer Zunge, so als hätte er einen zu viel gekippt. »In welcher Dimension bin ich? Mir ist elend. Jemand steht mit seinem Fuß auf meinen Schaltkreisen. Ich bin blockiert, frisiert, frustriert.«

Ich redete ihm gut zu, er müsse sich jetzt zusammenreißen.

Und dann fing Gott sei Dank die Zeitmaschine an zu summen. Kurz darauf hielten wir schon wieder.

»Wir sind am Ziel«, sagte Archie und rülpste.

Als die Einstiegsluke aufging, sprang Kevin gleich von seinem Sitz. Er brannte drauf, den Königshof zu sehen.

»Aber das ist doch gar nicht Camelot!«, rief Merlin. »Bei Luzifers Kralle, wo sind wir?«

Und schon hatte ich Excalibur an der Kehle.

»Was ist das für ein Trick?«

»Entschuldige, ich kann nichts dafür«, stammelte ich.

Ehrlich nicht!

Wir hatten Camelot einfach verfehlt. Kein Wunder, bei Archies Zustand!

Wer weiß, was Merlin noch alles mit mir angestellt hätte, aber in dem Moment schrie Kevin: »Da kämpfen zwei!«, und der Zauberer ließ von mir ab.

Jetzt sah ich es auch: Am Waldrand kloppten sich zwei Ritter. Ziemlich heftig. Dann lag plötzlich einer der beiden besiegt auf dem Boden. Der andere kniete über ihm und es sah so aus, als wollte er dem Verlierer den Kopf abschlagen.

»Nein!«, brüllte Merlin und sprang mit einem Satz aus der Maschine. »Das ist Artus!«

Kevin rannte hinter ihm her.

Die beiden waren so aufgeregt, dass sie mich ganz vergaßen. Das war eine Riesenchance für mich!

»Archie«, zischte ich. »Gib Gas. Weg von hier, schnell!«

»Ach, Liebster«, säuselte Archie schläfrig. »Ich mache gerade ein Nickerchen …«

Er hörte sich nicht an wie eine künstliche Intelligenz, sondern wie ein künstlicher Idiot! Ich versuchte, den Starthebel runterzudrücken, aber es ging nicht. Archie gehorchte mir nicht. Wahrscheinlich stand er noch immer unter Merlins Einfluss.

Ich versuchte, Archie gut zuzureden, doch es nützte alles nichts. Ich erzählte ihm, dass wir unbedingt den Prof und die anderen finden mussten – aber ich hätte ebenso gut mit meinem PC quatschen können!

Ich sah ein, dass es im Moment keinen Sinn hatte, und damit Merlin keinen Verdacht schöpfte, rannte ich ihm nach.

Merlin war schon bei den Rittern. »Pellinore«, schrie er, »hör auf! Weißt du nicht, wer das ist?«

»Halt dich da raus«, fauchte Pellinore. »Ich hab ehrlich gekämpft und er hat verloren. Es ist mein gutes Recht, ihn zu töten.« Und er hob das Schwert.

Ich rechnete schon mit dem Schlimmsten, doch da streckte Merlin den Arm aus. Zeige- und Mittelfinger wiesen auf Pellinores Augen. Der Ritter blickte ihn erstaunt an, dann kippte er einfach nach hinten um. Dabei hatte Merlin ihn nicht einmal berührt!

Ich kriegte eine Gänsehaut.

»Ist er tot?«, fragte Kevin.

»Nein«, antwortete Merlin. »Er wird nur drei Stunden schlafen.«

Dann kümmerte er sich um Artus. Es dauerte eine ganze Weile, bis dieser sich regte.

Es hatte ihn schlimm erwischt. Ich dachte schon, er würde gar nicht mehr die Augen öffnen! Bestimmt hatte er eine Gehirnerschütterung und ein paar Wunden sahen so aus, als sollten sie besser genäht werden.

Auch ohne die Wunden hätte ich Artus jedoch kaum wieder erkannt. Er hatte nur noch wenig Ähnlichkeit mit dem Jungen, der auf dem Kirchplatz das Schwert aus dem Stein gezogen hatte.

»Merlin«, stöhnte Artus und versuchte, sich aufzusetzen. Merlin half ihm dabei. »Mein treuer Freund und Ratgeber. Tausend Dank! Du hast mir das Leben gerettet!«

»Bist du schwer verletzt?«, fragte Merlin besorgt. »Hast du Schmerzen?«

Artus nickte. Das Reden machte ihm Mühe. »Wir haben … so

lange gekämpft … Ich habe verloren … Und mein Schwert … ist kaputt …«

Er drehte den Kopf nach rechts. Dort lag das Schwert im Staub – in zwei Teile zerbrochen und völlig unbrauchbar.

»Und dabei war es ein so gutes Schwert.« Artus seufzte.

Man hätte meinen können, das kaputte Schwert sei viel schlimmer als seine Verletzungen!

»Ich hab ein neues Schwert für dich«, sagte Merlin stolz. »Hier ist es: Es heißt Excalibur!«

Echt, so ein Getue um Schwerter!

»Eigentlich sollte dir das Schwert die Dame vom See überreichen«, sagte Merlin. »Aber im Moment sind die Frauen von Avalon ein wenig verärgert. Deswegen bekommst du das Schwert direkt von mir, Artus.«

Er legte das Schwert neben den Ritter. Artus fuhr behutsam mit den Fingern darüber. Ich wette, er hätte es am liebsten geküsst!

»Es scheint ungewöhnlich gut zu sein«, sagte er.

»Aber die Lederscheide, die dazugehört, ist auch wichtig«, sagte Merlin und gab Kevin ein Zeichen, die Hülle zu holen. Sie lag noch in der Zeitmaschine.

Kevin brachte eine Schwertscheide aus rotem Leder, die mit Goldstickereien verziert war. Ich fand sie ehrlich gesagt ziemlich kitschig.

»Solange die Schwertscheide an deinem Gürtel hängt, wirst du keinen Tropfen Blut verlieren«, verkündete Merlin.

Offensichtlich wieder mal so ein Hexending!

»Ich danke dir, Merlin«, sagte Artus gerührt. »Und ich hoffe, ich werde auch dir irgendwann mal einen Gefallen tun können.«

Merlin meinte, das könne er gleich tun, indem er Kevin in seine Dienste nähme.

»Der Junge möchte nämlich gerne Ritter in deiner Tafelrunde werden«, sagte er und Kevin wurde knallrot.

»Dann begleite mich nach Camelot«, sagte Artus und Kevin wurde noch röter. Ich glaube, er schnappte fast über vor Glück, weil jetzt sein sehnlichster Wunsch in Erfüllung ging.

Zu dritt hievten wir den verletzten Artus auf sein Pferd (ich kann mir jetzt was einbilden, ich hab einem echten König aufs Pferd geholfen!). Kevin sollte Pellinores Pferd reiten.

»Und was ist mit ihm?«, fragte Artus und deutete auf Pellinore, der noch immer schlafend am Boden lag.

»Ich kann verstehen, dass du im Moment ziemlich wütend auf Pellinore bist«, antwortete Merlin. »Aber er wird eines Tages einer deiner treusten Gefolgsmänner werden. Ebenso wie seine Söhne.«

Man kann von Merlin halten, was man will, aber er ist wirklich ein Meister darin, schlaue Sprüche von sich zu geben.

Auch Artus war beeindruckt.

»Deine Voraussagen sind mir manchmal unheimlich, Merlin. Aber bisher ist immer alles eingetroffen. Wie machst du das bloß?«

Merlin lächelte nur geheimnisvoll. Klar, für einen, der durch die Zeiten wandern kann, ist es keine Kunst, die Zukunft zu kennen.

Kevin und Artus ritten davon und wir schauten ihnen eine Weile nach. Dann erinnerte sich Merlin wieder daran, dass es mich ja auch noch gab. »Und was ist mit dir?«, fragte er spitz. »Willst du auch reiten? Wie wär's mit einem Ritt auf einem Wildschwein durch den Wald von Caledon?«

»Äh … lieber nicht, Merlin«, antwortete ich, so höflich ich konnte.

Er guckte mich an und sein Blick ging mir durch und durch. Es war, als könnte er direkt in mein Gehirn schauen.

»Warum willst du eigentlich unbedingt mein Lehrling sein?«

Jetzt musste ich mir schnell etwas einfallen lassen.

»Ich will lernen, wie man Zaubertränke braut«, sagte ich frech. »Oder wie man Besen dazu bringt, dass sie von alleine kehren. Aber vor allem möchte ich diesen faszinierenden Blick von dir lernen.«

Damit hatte ich es leider etwas übertrieben.

»Weißt du was?«, schnauzte mich Merlin an. »Du bist ein ganz miserabler Lügner!«

Er zerrte mich in die Zeitmaschine, startete ohne Probleme (dieser verdammte treulose Archie!), landete kurz darauf und warf mich einfach hinaus.

Jetzt hocke ich hier an diesem gottverlassenen Ort am Ufer eines Sees und fühle mich einsam wie noch nie. Hätte ich doch nur meine Klappe gehalten! Ich bin mir sicher, dass ich den Prof und meine Freunde nie wieder sehen werde.

Gerade hat es im Gebüsch geraschelt. Wahrscheinlich ist es ein Gespenst, das mich holen will …

—

Ein Esel! Das Gespenst ist nur ein Esel! Er sieht aus wie Robert. Aber wahrscheinlich sehen alle Esel aus wie Robert …

Das letzte Duell

Es war Nacht und über ihm blinkten die Sterne. Durch den Mond lief ein senkrechter Streifen. Es war einer der Gitterstäbe des Käfigs, in dem er gefangen gehalten wurde.

Er wusste, dass er sich den Schnabel blutig stoßen würde, wenn er gegen den Käfig ankämpfte. Traurig saß er hinter dem Gitter und ließ die Flügel hängen.

Plötzlich wurde er hellwach. Zwei Sterne schwebten vom Himmel herab, blieben vor dem Käfig in der Luft hängen und sahen ihn an. Nein, keine Sterne – Augen!

»Erinnere dich«, sagte eine Frauenstimme zu ihm. »Dein Name ist Magnus Ambrosius. Du bist kein Falke, sondern ein Mensch. Ich bin die Heilerin Morgaine. Ich übertrage meine Kraft auf dich und diese Kraft soll dir helfen, dich daran zu erinnern, wer du bist und woher du kommst. Du bist kein Vogel. Deine Flügel sind Arme, deine Krallen Füße und du bist hier auf Avalon, um geheilt zu werden.«

Er begriff, dass die Stimme es gut mit ihm meinte. Doch den Sinn der Worte verstand er nicht. Er starrte in die beiden Augen und hoffte, dass die Stimme weitersprechen würde. Sie hatte einen so angenehmen Klang …

»Ich öffne jetzt deinen Käfig«, sagte die Stimme und zwei Hände erschienen. Die Käfigtür stand nun sperrangelweit offen. »Jetzt kannst du heraus, wenn du willst.«

Er rührte sich noch immer nicht.

»Vielleicht hast du Durst«, sagte die Stimme. »Trink!«

Eine Schale mit Wasser wurde zu ihm emporgehoben. Als er seinen Kopf beugte, um den Schnabel einzutauchen, sah er sein Spiegelbild.

Ein menschliches Gesicht!

Es war, als würde seine Seele mit einem Mal aus dem Falkenkörper gerissen. Sie flog durch die Luft, durch die Nacht und kehrte zurück in den Körper eines Mannes, der im Bett lag, während Morgaine le Fay seine Hände hielt.

Magnus Ambrosius erwachte.

»Wo … wo bin ich?«

»Auf Avalon«, sagte Morgaine und lächelte.

»Störe ich?«, fragte Viviane. Sie hatte leise an die Tür gepocht, aber drinnen im Zimmer hatte niemand auf ihr Klopfen reagiert.

Melanie und Thomas saßen am Bett des Professors und mussten ihm erzählen, was geschehen war. Als sie ihm von dem komplizierten Transport nach Avalon berichteten, schüttelte Magnus den Kopf.

»Ausgerechnet ein Esel. Darauf habe ich bestimmt eine gute Figur gemacht!«

»Ist doch völlig unwichtig«, meinte Melanie. »Hauptsache, Sie sind geheilt und es geht Ihnen wieder gut.«

»Ihr könnt euch nicht vorstellen, wie realistisch diese Vorstellung war«, sagte Magnus. »Ich habe mich wirklich wie ein Falke gefühlt. Ich habe sogar Appetit auf rohe Mäuse gehabt.«

Thomas und Melanie lächelten.

»Mögen Sie vielleicht deswegen den Nachtisch nicht?«, fragte Melanie und deutete auf die Schale mit Apfelkompott, die neben dem Bett stand.

»Doch, aber es war einfach zu viel.«

Viviane, die noch immer an der Tür lehnte, ohne dass jemand sie bemerkte, gab es auf und zog die Tür leise wieder von außen zu.

»Gegen ein Schnitzel oder ein saftiges Steak hätte ich aber grundsätzlich nichts einzuwenden«, meinte Magnus Ambrosius. »Leider gibt es hier ziemlich oft Apfelgerichte. Irgendwie sehne ich mich nach etwas richtig Herzhaftem.«

»Ich finde das Essen hier ausgesprochen lecker und abwechslungsreich«, widersprach Melanie sofort. Die Druidinnen auf der Insel kochten rein vegetarisch und Melanie war davon natürlich sehr angetan.

»Und Benjamin – ist er wirklich mit Merlin mitgegangen?«, fragte Magnus zum wiederholten Male.

»Er hat behauptet, dass er Zauberlehrling werden will«, sagte Thomas. »Im ersten Augenblick war ich furchtbar sauer auf ihn, weil ich dachte, dass er uns und auch Sie einfach im Stich lässt.«

»Benjamin hatte bestimmt einen Grund für sein Verhalten«, sagte Magnus überzeugt. Schließlich kannte er seinen Neffen lange genug. Benjamin wirkte zwar manchmal etwas eigenbrötlerisch und zugeknöpft, aber er war ganz sicher kein Verräter. »Ich kann mir nicht vorstellen, dass Merlin Benjamin damit geködert hat, er könnte Macht durch Magie erringen … Ich glaube eher, Benjamin heckt etwas aus … Hm, ob er die Zeitmaschine alleine steuern könnte?«

In diesem Moment klopfte es laut an der Tür und eine junge Druidin trat ein.

»Entschuldigt bitte, aber ich soll euch das hier geben.« Sie legte einen kleinen Gegenstand aufs Bett. Er war in ein Tuch eingewickelt. »Das Päckchen stammt von einer unserer Schwestern, die uns leider überraschend verlassen muss. An der Pforte wartet ein Mann auf sie, dem sie folgen wird.«

»Danke.« Neugierig öffnete Magnus das Tuch. »Oh!«

Vor ihm auf dem Bett funkelte der Zeitkristall.

Überrascht starrten die drei auf den Kristall, an dem noch Vivianes Lederband hing.

Magnus schlug hastig die Decke zurück. »Halt!«, rief er der Druidin nach. »Der Mann an der Pforte – wie sieht er aus?«

Die Priesterin, die schon an der Tür war, wandte sich um.

»Tut mir Leid, ich konnte nicht viel von ihm erkennen. Er trug ein helles Gewand mit einer Kapuze.«

»Ist er groß? Schlank?«

Die Frau nickte.

»Hat er einen langen Bart?«

»Ich glaube ja …«

»Dann ist es Merlin!«, rief Magnus erregt. »Er holt Viviane. Los, wir müssen ihn erwischen.«

Er nahm den Kristall und sprang aus dem Bett.

Die Druidin protestierte sofort. »Aber du musst noch liegen bleiben. Morgaine hat es ausdrücklich gesagt.«

Doch Magnus hörte ihr nicht zu.

»Kommt mit«, er zog Thomas am Arm, »wenn wir uns beeilen, können wir vielleicht die Zeitmaschine wiederkriegen. Das ist unsere Chance!«

Fast wäre die Priesterin von den drei aufgeregten Personen und dem schwarzen Hund umgerannt worden. Sie trat hastig zur Seite und sah ihnen verwirrt nach.

An der Pforte war niemand mehr, nur die uralte Pförtnerin. Sie hantierte gerade mit einer Spindel und nickte den Gästen freundlich zu.

»Wo sind sie hin?«, fragte Magnus atemlos.

»Runter zum See«, nuschelte die zahnlose Alte.

»Schnell«, sagte Magnus. »Hinterher!«

Die Hoffnung, dass vielleicht doch noch nicht alles verloren war und sie die Zeitmaschine wiederbekommen konnten, verlieh ihnen Flügel.

In der Ferne sahen sie zwei Personen, die gerade dabei waren, in ein Boot zu steigen.

»Merlin und Viviane«, keuchte Magnus. »Sie wollen über den See.«

»Und wo ist die Zeitmaschine?« Melanie hatte, obwohl sie eine geübte Läuferin war, vom schnellen Rennen Seitenstechen bekommen. Wahrscheinlich lag es an der Aufregung, dass sie falsch geatmet hatte.

»Keine Ahnung«, antwortete der Professor. »Vielleicht am anderen Ufer. Seht ihr irgendwo ein Boot? Wir dürfen die beiden auf keinen Fall aus den Augen verlieren.«

Thomas entdeckte im Schilf einen alten Kahn. Er sah aus, als sei er schon lange nicht mehr benutzt worden. Die Ruderblätter waren bereits mit Moos überzogen.

»Nicht gerade Vertrauen erweckend«, meinte Magnus. »Hoffentlich hat der Kahn kein Leck.« Er kletterte zuerst hinein, testete die Festigkeit der Bootsplanken und winkte dann die anderen zu sich.

»Es könnte gehen. Mit viel Glück hält das Ding bis zum anderen Ufer.«

»Können Sie denn rudern?«, fragte Melanie.

Der Professor nickte. »Es ist zwar schon eine Weile her, aber immerhin war ich zehn Jahre im Ruderclub. So was verlernt man nicht.«

Um die Hände frei zu haben, hängte er sich den Zeitkristall um den Hals.

»Hm, warum hat mir Viviane wohl den Kristall gegeben?«, überlegte er laut, während er das Boot vom Ufer losstieß.

»Vielleicht wollte sie nicht, dass Merlin ihn wiederbekommt«, meinte Melanie, die sich am Bootsrand festhielt. Major saß zwischen ihr und Thomas.

»Oder sie denkt, dass wir mit dem Zeitkristall nach Hause finden können«, sagte Thomas.

»Ob sich Merlin auf einen Tausch einlassen würde?«, grübelte Magnus. »Sein Kristall gegen meine Zeitmaschine?«

Er tauchte die Ruder ins Wasser. »Auf alle Fälle muss er mir aber sagen, wo Benjamin ist. Wehe, wenn ihm etwas zugestoßen ist!«

Sie waren erst wenige Meter von der Insel entfernt, als plötzlich dichter Nebel aufkam.

»Merkwürdig«, wunderte sich Magnus. »Es war doch ein ganz klarer Tag! Woher kommt auf einmal dieser Nebel?«

»Bei unserer ersten Überfahrt war es auch total neblig«, erinnerte sich Melanie. »Vom anderen Ufer aus konnte man die Insel kaum sehen.«

»Ich hab das Gefühl, dass mit diesem Nebel etwas nicht stimmt«, sagte Thomas. Klamme Feuchtigkeit legte sich über sein Gesicht.

»Wir müssen aufpassen, dass wir die anderen nicht aus den Augen verlieren«, mahnte Magnus. »Das ist ja wie verhext. So ein Mist!«

Er ruderte mit aller Kraft, um den Abstand zu dem anderen Boot zu verringern. Doch alle Anstrengungen waren vergebens. Der Nebel wurde immer dichter und bald betrug die Sicht nur noch wenige Meter.

»Ein Kompass wäre jetzt Gold wert.« Magnus stöhnte. »Hoffentlich halten wir die Richtung. Man kann wirklich nichts mehr erkennen!«

Melanie hatte den Eindruck, dass sie viel länger unterwegs waren als damals mit der Fährfrau. Doch weil sie nicht ganz sicher war und die anderen nicht beunruhigen wollte, sagte sie nichts.

Endlich – als keiner mehr recht daran glaubte, sahen sie plötzlich das Ufer vor sich.

»Hurra«, freute sich Magnus. »Also hab ich das Rudern doch nicht völlig verlernt. Ich hoffe, dass das Ufer nicht zu Avalon gehört, sonst wären wir nur um die Insel herumgerudert.«

Sie legten am seichten Ufer an. Thomas kletterte aus dem Boot, watete das letzte Stück durchs Wasser und zog den Kahn an Land. Dann stiegen Melanie und der Professor aus. Sie hielten gleich Ausschau nach Merlin und Viviane, aber die Nebelschwaden vom See zogen auch über das Ufer und die Sicht war schlecht.

»Wenn wir Pech haben, sind sie ganz woanders gelandet«, sagte Magnus. »Oder sie starten die Zeitmaschine direkt vor unserer Nase und wir kommen zu spät.«

Plötzlich nahm Major eine Witterung auf. Die Nase dicht auf den Boden gepresst lief er los und verschwand im Nebel.

»He, alter Kumpel, wo willst du hin?«, brüllte Magnus hinter ihm her. »Was ist denn in dich gefahren?«

»Er wird ein Kaninchen gerochen haben«, vermutete Thomas.

Kurz darauf hörte man Majors Gebell und eine Jungenstimme.

Melanie und Magnus wechselten einen Blick.

»Benjamin!«, sagten sie wie aus einem Mund und rannten los, den Geräuschen nach. Thomas folgte ihnen.

Major hatte tatsächlich Benjamin aufgespürt. Immer wieder sprang der Hund an dem Jungen hoch und konnte seiner Freude gar nicht genug Ausdruck geben. Benjamin umarmte Major. Tränen standen ihm in den Augen.

»Nein ... Bist du es wirklich, Major? Und wo sind die anderen?«

»Hier«, rief Magnus, stürzte zu seinem Neffen und umarmte ihn. »Ich habe schon befürchtet, ich sehe dich nie, nie wieder!«

Auch Melanie und Thomas klopften Benjamin herzlich auf die Schulter und freuten sich, ihn wieder zu sehen. Er war schmutzig und sein Haar stand in alle Richtungen, aber sonst fehlte ihm offensichtlich nichts.

»Ich habe wohl schon Halluzinationen vor lauter Hunger.« Benjamin schniefte und wischte sich über die Augen. »Ich hab seit anderthalb Tagen nichts mehr gegessen. Merlin hat mich einfach aus der Zeitmaschine geworfen und ist damit verschwunden. Ohne den Esel wäre ich verrückt geworden. So hatte ich wenigstens etwas Gesellschaft. Und heute Morgen«, seine Augen leuchteten, »ist die Zeitmaschine tatsächlich wieder an der gleichen Stelle aufgetaucht. Merlin ist weggegangen und hat sich über den See rudern lassen. Natürlich hab ich sofort versucht, die Maschine zu starten, aber Archie wird noch immer von Merlin kontrolliert. Aber ha! Mir ist auch was eingefallen, wie ich Merlin ärgern kann, ich habe nämlich ein Passwort …«

»Die Zeitmaschine ist hier?«, fragte Magnus aufgeregt. »Wo?«

»Ganz in der Nähe. Da sind zwei Pfosten mit ekligen Totenschädeln. Genau dazwischen steht die Maschine.«

»Los, kommt.« Magnus war nicht mehr zu bremsen. »Merlin ist schon mit Viviane unterwegs. Er wird gleich zurück sein. Wenn wir Glück haben, sind wir schneller.«

»Warum ist Merlin nicht mit der Zeitmaschine nach Avalon gefahren?«, wollte Melanie unterwegs wissen.

»Könnte sein, dass es da mit dem Landen Probleme gibt«, antwortete Magnus keuchend. »Irgendwie ist die Insel nicht ganz geheuer … Sie entzieht sich ein wenig der Wirklichkeit …«

»Ein magischer Ort?«, fragte Thomas.

»Vielleicht«, sagte Professor Ambrosius. »Jedenfalls kann ich mir vorstellen, dass Archie Probleme hatte, die Insel anzusteuern.«

Obwohl sie sich so sehr beeilt hatten, hatten Merlin und Viviane die Zeitmaschine vor ihnen erreicht. Die Einstiegsluke stand bereits offen und Benjamin sah, wie Merlin nervös an der Steuerung hantierte.

»Es funktioniert«, freute sich Benjamin. »Er hat das Passwort noch nicht geknackt …«

Man hörte Merlin laut fluchen. »Bei Luzifers Scheitel, warum geht dieses Teufelsding nicht? Welcher faule Zauber liegt darauf? Aber ich werde es schon noch herausfinden, Hölle und Gebein!«

Magnus stürzte auf die Maschine zu. Viviane entdeckte ihn zuerst, doch bevor sie ein Wort sagen konnte, fuhr Merlin herum.

»Wie? Du? Warum fliegst du nicht in der Luft und suchst Mäuse?« Dann fiel sein Blick auf den Zeitkristall, der an Magnus' Hals hing. »Woher hast du den Kristall?«

Magnus wollte in die Maschine, zur gleichen Zeit wollte Merlin hinaus. Die Männer trafen in der Einstiegsluke aufeinander und keiner konnte am anderen vorbei. Melanie sah, wie der Zeitkristall rot zu pulsieren begann, als Merlin Magnus am Kragen packte. Sie schrie auf. Plötzlich wurden sie, Thomas und Benjamin von einem unerklärlichen Luftdruck auf den Boden geworfen. Staubfontänen entstanden, der herumwirbelnde Sand verdüsterte die Luft. Das Wasser des Sees fing an zu brodeln.

Der Spuk dauerte nur wenige Sekunden. Dann legte sich der Sturm und es wurde wieder ruhig. Nur das unheimliche Zwielicht blieb. Melanie hob vorsichtig den Kopf und wischte sich den Sand aus dem Gesicht. Sie blinzelte und starrte zur Zeitmaschine.

Ein seltsames Wesen kam heraus. War es menschlich? Ein Mann? Er war merkwürdig in die Breite gezogen.

Noch einmal wischte sich Melanie übers Gesicht. Spielten ihr ihre Augen einen Streich oder hatte das Monster tatsächlich Ähnlichkeit mit Magnus Ambrosius? Oder mit Merlin?

Um den Hals dieses Wesens hing der glühende Zeitkristall.

»Thomas«, flüsterte Melanie. »Benjamin. Wer ist das?«

»Wir sind Merlin-Ambrosius«, sagte das Wesen zweistimmig. »Wir sind eins.«

Melanie schrie auf und schlug die Hände vors Gesicht. Benjamin war wie gelähmt und brachte keinen Ton heraus. Thomas sah abwechselnd auf das Wesen und auf seine Armbanduhr. Die Uhr war stehen geblieben. Der Sekundenzeiger bewegte sich nicht mehr – genauso wie sich ringsum nichts mehr bewegte, weder Grashalm noch Schilfrohr. Kein Vogel sang. Totenstille lag über der Landschaft.

»Es hat ein Unglück gegeben«, sagte das Wesen und diesmal klang seine Stimme wie die von Magnus Ambrosius. »Der Zeitkristall und das Zeitfeld der Maschine vertragen sich nicht. Sie haben Merlin und mich aneinander gekettet – genau wie Vergangenheit und Zukunft.«

»Die Zeit steht still«, sagte Thomas bestürzt und klopfte gegen die Scheibe seiner Armbanduhr. »Deswegen geht auch die Uhr nicht mehr.«

»Ich kann deine Erinnerungen lesen«, sagte Merlins Stimme. »Pah, was für ein langweiliges Leben. All dieser Papierkram ... Nur die Frauen haben für etwas Abwechslung gesorgt. Hölle und Schwefel, was ist das für eine Frau? Viviane?«

»Sie heißt Vivien«, antwortete Magnus' Stimme. »Die Ähnlichkeit mit deiner Viviane ist verblüffend. Aber Vivien hat mich nicht in ewigen Schlaf versetzt. Sie hat mich verlassen, das ziehe ich dann doch vor. – Dein Leben möchte ich wirklich nicht führen, Merlin: All diese Kriege und Schlachten und die ganzen Zaubereien ... Und wie du mit meiner Maschine durch die Zeiten gereist bist. Was hast du für ein Durcheinander angerichtet!«

»Genug Vorwürfe«, sagte Merlin. »Lass dir lieber etwas einfallen, wie wir unser Problem lösen können. Wir sind Gefangene der

Zeit. Solange die Zeit stillsteht, wird es uns nicht gelingen, aus diesem unförmigen Körper herauszukommen.«

Das Wesen war unbeholfen und unsicher. Es schien sich schwer entscheiden zu können, welche Richtung es einschlagen oder welche Bewegungen es machen sollte.

Jetzt kletterte Viviane aus der Maschine. Sie wirkte heil und unverletzt, aber das Entsetzen stand ihr ins Gesicht geschrieben.

»Viviane«, sagte das Wesen sofort mit Merlins Stimme, »wenn du mich aus diesem Ding befreist, dann verzeihe ich dir alles, was du mir angetan hast.«

»Ich würde dir ja gerne helfen«, sagte Viviane. »Nur wie?«

Nach einer Weile sagte Magnus' Stimme: »Die Kraftfelder der Zeitmaschine und des Kristalls sind entgegengesetzt. Also muss eines von beiden verschwinden. – Benjamin, geh in die Maschine und drück den Starthebel zurück.«

Benjamin stand mit schlotternden Beinen auf und kletterte in die Zeitmaschine. Seine Hände zitterten, als er nach dem Starthebel griff.

»Archie, bitte mach jetzt keine Zicken. Bitte hilf uns, wir müssen da raus …« Er tippte mit fliegenden Fingern das Passwort ein, mit dem er die Maschine blockiert hatte.

Pommes frites.

Trotzdem tat sich nichts.

»Dreimal verdammter Mist«, schimpfte Benjamin und sah verzweifelt ins Freie, wo das Doppelwesen gerade mühsam um sein Gleichgewicht rang. »Es geht nicht!«

»Dann muss es an dem Kristall liegen«, ächzte Magnus. Das Wesen griff mit der rechten Hand nach der Schnur mit dem Stein.

Gleichzeitig schnellte die linke Hand empor und hinderte die rechte daran, den Kristall zu fassen.

»Es muss sein, Merlin!«

»Ich will den Kristall aber behalten, Tod und Teufel!«

Die Hände rangen miteinander. Schließlich gelang es der rechten, den Zeitkristall zu packen. Weil die linke gleich darauf der rechten auf die Finger schlug, riss die Schnur und der Zeitkristall rollte auf den Boden.

Im gleichen Moment konnte Benjamin den Starthebel zurückdrücken.

Mit einem ohrenbetäubenden Knall verschwand das Zwielicht und die Sonne zeigte sich. Das Licht war so grell, dass Melanie ihre Augen bedecken musste.

Sie sah Merlin und Magnus auf dem Boden liegen – getrennt.

Merlin streckte gerade die Hand nach dem Zeitkristall aus, aber Viviane kam ihm zuvor. Sie griff nach dem Kristall und schleuderte ihn in den See.

»Bist du wahnsinnig?«, brüllte Merlin. »Was machst du?«

Er sprang auf, stürzte zum See und ins Wasser und schwamm hinaus, dorthin, wo der Zeitkristall untergegangen war.

»Die Insel!«, rief Melanie. »Seht doch, was passiert mit Avalon?«

Avalon war schwach im Nebel zu erkennen. Doch die Insel schien sich immer weiter zu entfernen. Sie wurde kleiner und kleiner.

Auch Merlin driftete immer weiter weg. Der Zauberer merkte, dass etwas nicht stimmte, und wollte umkehren und zum Ufer zurückschwimmen. Doch ein unsichtbarer Sog trieb ihn immer weiter auf den See hinaus.

Viviane starrte ihm nach. Dann nahm sie kurz entschlossen das

Boot, mit dem sie und Merlin zuvor den See überquert hatten, und ruderte dem Zauberer nach. Der Nebel wurde dichter und bald war Viviane nicht mehr zu sehen.

»Der See«, sagte Thomas stockend. »Seht euch das Ufer an …«

Der See verlandete. Dort, wo noch vor wenigen Minuten Wasser gewesen war, wuchs Gras.

»Er ist weg«, sagte Melanie ungläubig. »Der See ist einfach weg.«

»Und Avalon mit ihm.« Magnus schüttelte den Kopf. »Vermutlich ist der Zeitkristall daran schuld. See und Insel – sie sind beide aus unserem Raum-Zeit-Gefüge verschwunden. Und deswegen kann niemand mehr sagen, wo Avalon wirklich gelegen hat.«

Sie standen noch eine Weile da und versuchten, das Unfassbare zu begreifen.

»Wollen wir versuchen, heimzukehren?«, fragte Magnus. »Mit allen Risiken und Gefahren?«

Die anderen nickten.

Sie stiegen in die Maschine. Magnus überprüfte die Geräte und versuchte, mit Archie Kontakt aufzunehmen. Der Computer reagierte noch immer sehr müde und erschöpft, aber als er hörte, wer mit ihm redete, klang seine Stimme sofort unverkennbar freudig.

»Meister – endlich!«

»Meinst du, wir schaffen es ins einundzwanzigste Jahrhundert?«, fragte Magnus. »Zurück in die Tropfsteinhöhle, zu unserem Ausgangspunkt?«

»Ich werde mein Bestes versuchen«, versprach Archie und auf dem Armaturenbrett fingen einige Lämpchen an zu blinken.

»Hoffentlich geht's gut«, meinte Melanie und ließ sich auf einen der Sitze fallen.

Benjamin pfiff nach Major. Kaum war der Hund aufgetaucht, raschelte es noch einmal hinter ihnen im Gebüsch. Benjamin fuhr erschrocken herum, denn er dachte, Merlin sei vielleicht zurückgekommen.

Doch es war nur Robert, der Esel.

Benjamin klopfte ihm den Hals. »Du armer Kerl, du hast wahrscheinlich überhaupt nicht kapiert, warum es erst Sturm gab und dann Zwielicht und jetzt die Sonne wieder scheint. Und dass der See weg ist …« Er pflückte ihm eine Klette aus der Mähne. »Onkel Magnus, können wir den Esel nicht mitnehmen? Melanie könnte doch ihre nächste Arbeit über das Verhalten von Eseln schreiben!«

Doch Professor Ambrosius schüttelte den Kopf.

»Nicht noch mehr Durcheinander, Benjamin. Der Esel gehört in diese Zeit und nicht ins einundzwanzigste Jahrhundert.«

»Mann, bist du wieder pingelig«, murrte Benjamin. »Ein Esel als Haustier – das wär's doch gewesen … Ich hätte eine elektrische Melkmaschine gebaut und dann hätten wir jeden Morgen frische Eselsmilch trinken können.«

»Benjamin«, sagte Melanie vorwurfsvoll. »Hast du echt nicht gemerkt, dass Robert ein Männchen ist? – Eselsmilch!« Sie tippte sich an die Stirn.

»Na, dann eben nicht.« Benjamin grinste und kletterte in die Maschine.

Wir sind tatsächlich heil zurückgekommen, auch wenn es zwischendrin mal so ausgesehen hat, als hätte Archie einen Aussetzer und wir müssten im 18. Jahrhundert einen Zwischenstopp einlegen. Aber dann waren wir doch wieder in der Tropfsteinhöhle und Datum und

Uhrzeit haben völlig gestimmt. Das Tollste: Seit unserer Abfahrt waren kaum fünf Minuten vergangen! Unvorstellbar!

Als wir zu Hause waren und endlich unsere blöden Kutten ausziehen konnten (unterwegs sind uns auch noch Leute begegnet, aber die dachten zum Glück, dass wir zum Ritterfest nach Eningen wollten …), ging das Gerangel los, wer zuerst duschen darf. Das haben wir uns am allermeisten gewünscht.

Melanie hat gleich eine SMS an ihre Mutter geschickt. Die hat sofort besorgt zurückgeschrieben, ob Melanie denn so furchtbar Heimweh hätte, weil sie ihr eine SMS nach der anderen senden würde …

Onkel Magnus hat dann Melanie und Thomas zu sich gerufen.

»Ich kann verstehen, dass ihr euch den Aufenthalt hier ganz anders vorgestellt habt. Ich wäre auch nicht beleidigt, wenn ihr sagen würdet, dass ihr morgen nach Hause wollt.«

»Nach Hause?«, haben Thomas und Melanie gerufen.

»Kommt gar nicht in Frage«, hat Melanie gemeint.

Thomas hat den Prof daran erinnert, dass sie einen dreiwöchigen Aufenthalt gewonnen hatten. »Und so lange wollen wir auch bleiben.«

»Sie brauchen auch keine Angst zu haben, dass wir jemandem etwas von Ihrer Zeitmaschine verraten«, hat Melanie hinzugefügt.

Onkel Magnus sah richtig froh aus.

Als wir alle geduscht hatten, kam das Größte: Wir schlugen uns den Bauch ordentlich mit Pommes voll. Pommes habe ich nämlich die ganze Zeit über am meisten vermisst, ehrlich!

KLEINES SACH- UND PERSONENLEXIKON

Adrenalin

Körpereigenes Hormon, das in Gefahren- und Stresssituationen ausgeschüttet wird und den Stoffwechsel beschleunigt.

Artus

Sagenhafter britannischer König (ca. 500 n. Chr.), um den sich viele Geschichten ranken. Er verteidigte sein Volk gegen den Einfall der Angelsachsen. Der berühmteste Roman über König Artus stammt aus dem 15. Jahrhundert und wurde von Thomas Malory geschrieben. Er heißt »König Artus« (Originaltitel: »Le morte d'Arthur«) und erzählt, wie der Knabe Artus König wurde, sein berühmtes Schwer Excalibur erhielt und schließlich seine Ritterrunde gründete.

Avalon

Insel der Apfelbäume. Ort, an dem sich nach keltischer Vorstellung die verstorbenen Helden und Könige aufhalten. Auch der tödlich verwundete König Artus soll der Sage nach von drei Damen vom See nach Avalon gebracht worden sein. Dort wurde er von der Fee Morgaine gesund gepflegt und wartet auf seine Rückkehr.

Camelot

Der Sage nach der Hof von König Artus. Wo Camelot in England genau gelegen haben soll, konnte bis heute noch nicht endgültig geklärt werden.

Druide

Keltischer Priester. Ein Druide befasste sich neben religiösen Angelegenheiten vor allem mit Medizin, Astronomie und Traumdeutung. Manchmal betätigte er sich auch als Richter.

Elixier

Heil- oder Zaubertrank.

Elmsfeuer

Elektrische Lichterscheinung an aufragenden spitzen Gegenständen wie Dachfirsten, Blitzableitern, Bäumen u. a. Elmsfeuer entsteht durch Gasentladung bei hohen elektrischen Feldstärken, besonders bei Gewittern.

Ethologie

Verhaltensforschung. Berühmte VerhaltensforscherInnen sind zum Beispiel Jane Goodall (Schimpansen, Hyänen), Dian Fossey (Gorillas) oder Erik Zimen (Wölfe).

Excalibur

In Sagen haben berühmte Schwerter oft einen Namen. Excalibur ist das magische Schwert von König Artus. Die zauberkräftige Schwertscheide sollte den König davor bewahren, Blut zu verlieren.

Gral

Geheimnisvoller, wundertätiger Gegenstand (Schale, Kelch, Stein), der von den Rittern der Tafelrunde gesucht wird. Die Suche gilt als sehr ehrenhaft.

Homunkulus

Lateinisch: »Menschlein«. Künstlich geschaffener Mensch.

KI

Abkürzung für künstliche Intelligenz. Intelligente, also selbstständig denkende und handelnde Computer gibt es in der Science-Fiction schon lange, in der Wirklichkeit existieren jedoch erst Ansätze. Manchmal wird statt KI auch die Bezeichnung A. I. = *Artificial Intelligence* verwendet.

Merlin

a) Zwergfalke, lebt im Norden Europas, Asiens und Amerikas. 27 – 33 cm lang.
b) Der Sage nach Zauberer und Ratgeber von König Artus. Merlin verliebte sich in die Fee Viviane und wurde von ihr in ewigem Schlaf gehalten.

Morgaine le Fay

Eine der Damen vom See; eine Fee, die Heilkräfte besitzt.

Observatorium

Beobachtungsstation, Sternwarte.

Pergament

Enthaarte, geglättete Tierhaut, die als Schreibmaterial diente.

Primaten

Ordnung der Säugetiere, deren Gehirnentwicklung sehr weit fortgeschritten ist. Zu den Primaten gehören Halbaffen, Affen und die Menschen.

Runen

Grafische Zeichen, die in Stein, Holz oder Metall eingeritzt wurden. Runen sind die älteste Schrift der keltischen und germanischen Stämme.
Das Runenwerfen war eine Methode der Weissagung. Auf Buchenstäbchen waren Schriftzeichen eingeritzt. Die Stäbchen wurden nach einer bestimmten Methode geworfen. Aus ihrer Lage und Anordnung konnte man Hinweise auf gegenwärtige und zukünftige Ereignisse herauslesen.

Samain-Fest

Keltisches Fest. Die Samain-Nacht (die Nacht zum 1. November) ist die Nacht der Begegnung zwischen den Lebenden und den Toten; die Hügel, in denen die Götter und Helden wohnen, werden zugänglich. Die Welt der Lebenden und die »Anderswelt« vermischen sich. Das Samain-Fest wurde später vom christlichen »Allerheiligen-Fest« abgelöst.

Stalagmit

Tropfstein, der vom Boden aus nach oben wächst.

Stalaktit

Tropfstein, der von der Höhlendecke aus nach unten wächst.

Stonehenge

Steinkreis in der Ebene von Salisbury in England. Merlin soll die großen Steine aus dem Land der Riesen herbeigeschafft haben. Die Steine sind aber viel älter als Merlin, denn dieser hat der Sage nach etwa im 5./6. Jahrhundert nach Christus gelebt. Die ältesten Steine von Stonehenge stammen jedoch aus dem dritten Jahrtausend vor Christus. Ganz sicher ist Stonehenge ein altes Heiligtum, das religiösen Zwecken gedient hat.

Uther Pendragon

König von Britannien. Vorgänger von König Artus; der Sage nach auch sein leiblicher Vater.

Viviane

Auch Nimue genannt. Merlin verliebte sich in sie, und Viviane gelang es, dem Zauberer seine Geheimnisse zu entlocken. Als sie kein Interesse mehr an ihm hatte, versetzte sie ihn in einen ewigen Schlaf.

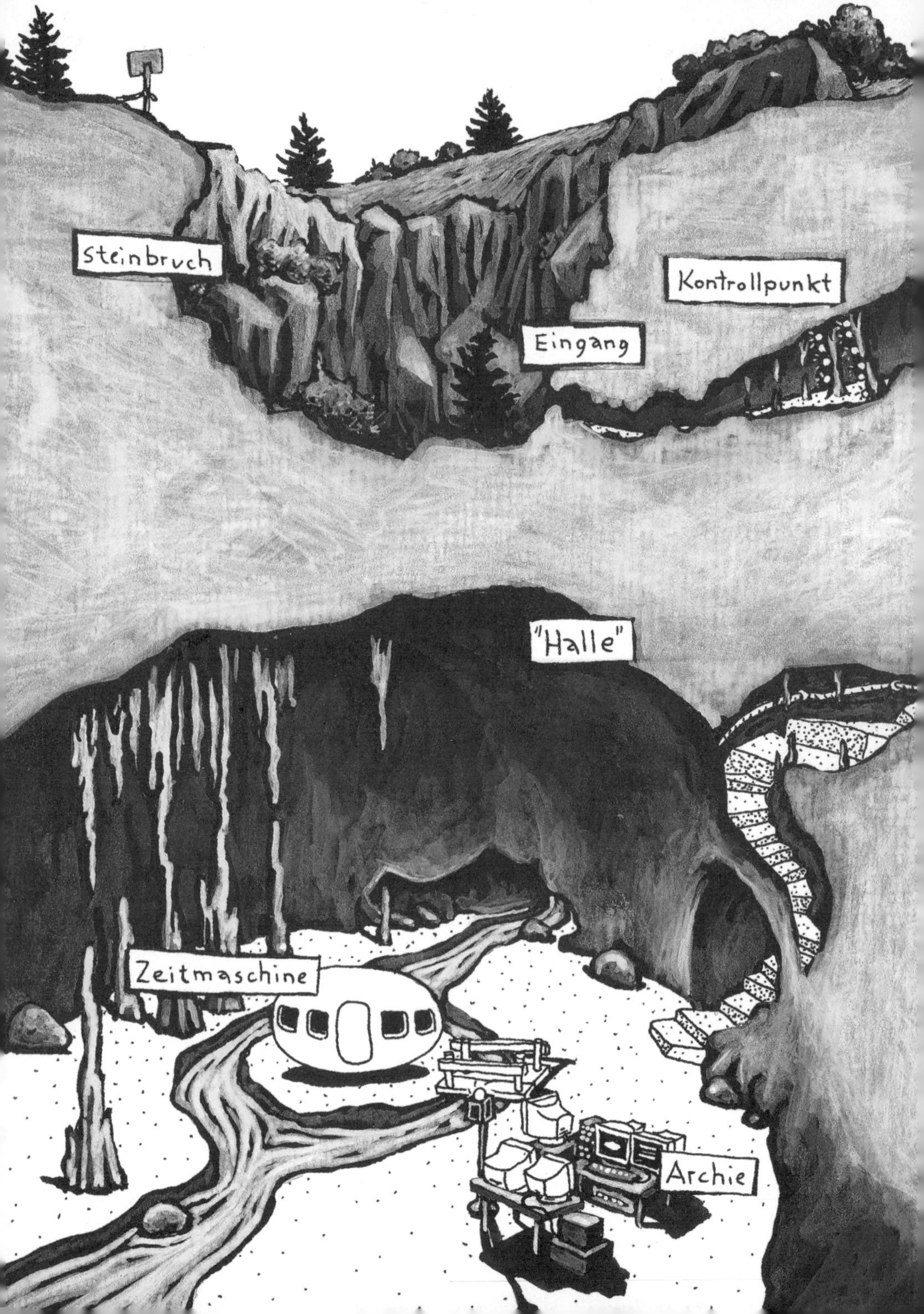
Steinbruch
Kontrollpunkt
Eingang
"Halle"
Zeitmaschine
Archie